I0564690

M.-B. DE LA PIERRE

LE ROI

TRÈS-CHRÉTIEN

SECONDE ÉDITION, REVUE ET AUGMENTÉE

ANNECY

CHARLES BURDET, LIBRAIRE-ÉDITEUR

1871

Annecy. — Typ. CH. BURDET.

AU LECTEUR

Il semble qu'après quatre-vingts ans d'une si lamentable expérience, la Révolution devrait être universellement regardée comme le plus incontestable et le plus grand de nos fléaux. Sans doute on le voit maintenant mieux qu'on ne l'a jamais vu : toutefois, hélas ! il reste encore une foule d'hommes irréfléchis, qui prennent leurs rêves pour des possibilités et se figurent que tous les rêves peuvent se réduire en pratique ; — d'hommes trompés qui croient aux grands mots, et ne remarquent pas que ces mots sont vides de sens, ou même très-souvent couvrent un sens absolument contraire à celui qu'ils pensent y trouver ; — d'hommes superbes qui reconnaissent la vérité, mais auxquels l'amour-propre mal entendu ferme la bouche et même fait dire ce qu'ils ne pensent pas ; — d'hommes de mauvaise foi qui cherchent à tromper, à égarer le peuple, parce qu'ils ont tout à gagner aux errements sociaux ; — d'hommes de bonne foi, mais superficiels, qui se défendent d'aimer la révolution, et qui, croyant la réalité changée, parce que le nom est changé, ne peuvent se figurer que la révolution n'apparaisse pas toujours coiffée du bonnet phrygien et qu'elle puisse se montrer sous un diadème royal ou impérial, offert par un peuple quelconque, sans qu'elle en soit moins la révolution avec son athéisme, son immoralité et les pires de ses principes. Si, de tous ces hommes, il nous était donné d'en ramener un seul aux vrais principes, nous nous croirions mille fois trop payé de ce travail.

Lorsque tant d'admirations malsaines sont accordées, tant de concessions funestes sont faites à une cause perverse, il faut le répéter et le démontrer pour la millième fois : « La Révolution nous a perdus ; notre salut ne se fera que par le retour aux principes anti-révolutionnaires. »

Nous n'hésitons point à le dire dès le commencement : nous haïssons la Révolution, parce que nous la regardons comme la source de tous nos maux. La raison et l'expérience se réunissent pour légitimer notre conviction. Nous pensons que la France doit revenir à Dieu et à ses anciens rois, si elle ne veut se voir jetée encore d'aventures en aventures, d'abîmes en abîmes, sans qu'il soit possible de déterminer ni quand ni comment finiront ses malheurs ; nous pensons que nous, Français, nous devons revenir aux convictions de nos grands aïeux, *qui pouvaient tout perdre, fors l'honneur.* Lorsqu'on leur demandait sur qui ils comptaient pour le salut de la patrie et l'intégrité de leur gloire, ils répondaient : « Nous comptons sur Dieu, sur notre Roi qui règne par Dieu, et sur nous, leurs très-fidèles serviteurs. »

Lecteur, cette déclaration vous est due ; elle est due à la conscience de celui qui parle ; elle est due à la cause qu'il défend : accordez-lui en retour la même sincérité.

LE ROI TRÈS-CHRÉTIEN.

CHAPITRE PREMIER.

LA FRANCE SE RELÈVERA.

§ Ier.

Où en est le monde actuel ?

Les auteurs des complots, des attaques ouvertes et cachées contre Dieu ont enfin accompli leur dessein, du moins en partie. L'idée de Dieu est *amoindrie* dans le monde; nos pères, nos mères, nos frères, nos sœurs, nos amis, les jeunes gens, les vieillards, sont devenus en foule libres-penseurs, et, par conséquent, *libres-faiseurs ;* la société se déchire les entrailles de ses mains frémissantes ; dans Paris seulement il s'est trouvé deux cent mille assassins et incendiaires pour *égaler notre capitale au sol.* Ils ont cru que le moment était venu d'accomplir le vœu de Voltaire en *écrasant l'infâme*, ou celui de Quinet, en *étouffant l'injuste dans la boue.*

Notre France eut le malheur de mettre au service de la révolte contre Dieu, son esprit, son ardeur, son influence, son prosélytisme, elle, la France très-chrétienne, la fille aînée de l'Église. Elle est plus coupable, parce qu'elle a plus abusé; aussi, en ce moment, est-elle punie par où elle a péché, *plus cruellement que nul autre peuple.*

Il faudrait ici la voix de celui qui sait égaler *les plaintes aux douleurs* pour peindre notre infortune, pour nous montrer comment la *Reine des provinces est devenue tributaire, comment tous ses amis l'ont méprisée et se sont faits ses ennemis; comment ses ennemis sont ses maîtres, parce que l'Eternel a parlé contre elle, à cause de la multitude de ses iniquités ; comment* LES CHEFS *du nouveau peuple choisi sont devenus semblables à des cerfs qui ont marché défaillants devant la face de l'ennemi ;* COMMENT LES ENFANTS DE CE PEUPLE ONT ÉTÉ MENÉS EN CAPTIVITÉ DEVANT LA FACE D'UN OPPRESSEUR.

En lisant Jérémie, on croirait qu'il écrit notre propre histoire. Eh bien! oui, il écrit notre histoire; car il a écrit l'histoire de tous les peuples prévaricateurs. Jérémie est à la fois historien, prophète et philosophe; et, en un sens, il ne fait qu'interpréter cette vérité : que les *peuples infidèles à Dieu tombent inévitablement.* Quand une nation abandonne Dieu, alors, comme dit encore le prophète écrivant l'histoire avant l'accomplissement des faits, Dieu la châtie par la main de quelque féroce ennemi, *cet ennemi fût-il un de ceux qui ne sont pas dans l'assemblée du Seigneur. Quand est venu le moment fixé par la Providence pour réduire en poudre les soldats choisis du peuple prévaricateur, alors les ennemis l'entourent; il devient au milieu d'eux comme une femme souillée ; alors ceux qui se nourrissaient des mets les plus délicats meurent de faim dans les rues;* ALORS CETTE NATION TOURNE EN VAIN SES REGARDS VERS L'HORIZON POUR Y CHERCHER L'ARRIVÉE D'UN SECOURS ; *alors les ennemis sont rapides comme les aigles du ciel; alors, enfin, les rois et les habitants de la terre voient ce qu'ils n'auraient jamais cru;* ILS VOIENT FORCÉES LES PORTES DES PLUS GRANDES ET DES PLUS FLORISSANTES CITÉS.

Tel homme de lumière, tel républicain éclairé par les nouveaux principes, pourra bien nier la valeur prophétique de ces oracles de Jérémie : mais une chose qu'il ne niera pas, c'est que la France a subi tout cela, c'est que tous les peuples coupables l'ont subi.

Nous pouvons en tirer une conclusion, c'est que la Providence nous donne avec la verge les enseignements qu'elle n'a pu nous faire comprendre par sa bonté. Cette conséquence sera admise par tout chrétien bien pensant, et ici nous ne nous adressons qu'à cet homme. Nous sommes châtiés et humiliés, parce que nous avons *commis le péché mortel* d'adopter les principes révolutionnaires.

Mais, pour les peuples, tout châtiment, s'il est compris, est passager : ainsi donc notre abaissement sera passager si nous le voulons. Ce qui a perdu la France, c'est l'oubli des vrais principes qui constituent l'individu, la famille et la société. Lorsqu'elle ressaisira ces principes, elle sera comme un lutteur tombé, mais qui se relève terrible après avoir repris haleine et resserré sa cuirasse un moment soulevée.

Oui, la France se relèvera, et nous le prouverons plus loin par d'invincibles arguments. Elle ne vivra pas plus longtemps sous cette atmosphère saturée d'impiété et de crimes, comme cela doit être là où Dieu n'est pas.

Si maintenant nous tournons nos regards vers l'Allemagne, en ce moment si fière de nous avoir vaincus par surprise et par l'incapacité de ceux qui nous conduisaient, nous voyons que son règne sera de courte durée comme celui de tous les fléaux.

Dans toutes les choses humaines, où il n'y a pas droit et justice, il y a violence et oppression ; mais cette violence et cette oppression produisent inévitablement une contre-violence, une contre-oppression, dont la force est en proportion directe de la force des premières. — Nous voyons bien le *ravageur mystique* Guillaume s'avancer sur un char traîné en ce moment par les princes allemands ; nous le voyons bien chanter des hymnes à son *Dieu prussien,* et porter sur la tête sa fraîche couronne impériale faite avec l'or encore sanglant qu'il vient de voler en France ; malgré tout cela, ne vous effrayez pas, et laissez luire le jour où seront prêtes partout les ressources de la *civilisation prussienne* ; c'est alors que, si nous reconnaissons nos erreurs, nous serons vengés ou par notre bras, ou par celui de quelque nouveau *peuple-fléau.*

Guillaume ne doit pas s'y tromper : il a vaincu, c'est vrai ; mais il doit se rappeler que son ancêtre Nabuchodonosor publiait, lui aussi, les merveilles que Dieu lui avait donné d'accomplir, et néanmoins

Dieu lui enleva *son cœur d'homme*, à cause de son orgueil. Le triomphe de l'Allemagne est un triomphe injuste, parce que de longue date elle avait arrêté la meilleure manière de nous piller avec habileté ; c'est un triomphe impie, parce que c'est le triomphe du rationalisme ; enfin, on le voit en ce moment mieux que jamais, c'est le triomphe du protestantisme, religion d'erreur et d'athéisme ; donc ce triomphe est passager, parce que Dieu ne saurait permettre un triomphe indéfini de l'injustice qui l'offense, du protestantisme et du rationalisme qui le défigurent ou le nient. *Les grands Prussiens*, comme J. de Maistre appelle Frédéric et ses gens d'armes. ne règneront jamais, parce que ce serait le règne du brigandage organisé. D'ailleurs, si nous sommes coupables d'athéisme, comment la Prusse serait-elle innocente, puisque l'athéisme nous vient d'elle, et que notre grand crime est de l'avoir écoutée? Les anciens Juifs étaient punis par des idolâtres d'avoir adoré les idoles : mais tout ceci est *en faveur du peuple de Dieu*, puisque le châtiment de ce peuple montre que Dieu le punit *parce qu'il l'aime* et veut le ramener, tandis que le châtiment de l'autre montre *qu'il est condamné à mort.* Que la Prusse y prenne garde ; elle porte à son flanc, comme Goliath, le sabre qui servira à châtier son arrogance.

Comme la France et l'Allemagne, le reste de l'Europe est dans une fausse position.

En Italie, la Révolution est triomphante. Elle a poussé jusqu'à Rome un roi sans respect pour sa race, sans cœur, sans force, sans Dieu ; elle l'a poussé jusque dans l'enceinte qu'on ne franchit jamais impunément si on la franchit en usurpateur. Malheureux roi ! il ne sait pas *qu'on ne mange jamais des Etats du Pape sans en mourir?* Il ignore que Crescentius, Arnaud de Brescia, Othon Ier, Othon de Saxe, Frédéric Ier, Barberousse, les empereurs Henri IV et Henri V, Frédéric II, Philippe-le-Bel, le duc de Bourbon (que le comte de Chambord a juré dès son enfance de n'appeler jamais que le *mauvais connétable*), la première République française, Napoléon Ier, Napoléon II, roi de Rome, Louis-Napoléon, le frère de Napoléon III, Napoléon III, etc., sont morts pour en avoir mangé. Il semble que Victor-Emmanuel devrait être frappé de l'exemple de ce dernier, son père et son émule. Napoléon III, jour pour jour, dix ans après avoir livré le Souverain-Pontife en disant : « Allez et faites vite ! » comme Pilate avait dit autrefois : « Allez, jugez-le selon vos lois ! » Napoléon III, dix ans après, tombait si bas, mais si bas, qu'on n'ose pas même le regarder, par *crainte d'en avoir pitié.* — Roi d'Italie, vous avez bu dans les vases sacrés ; soyez-en convaincu : « Vos jours sont comptés, vos œuvres sont pesées, votre royaume est divisé ; » et c'est la Révolution qui est chargée de l'exécution du décret céleste, si déjà il n'est pas en partie exécuté, tant vous êtes un *néant de Roi.*

Dieu ne mentira pas à sa parole, et il punira les persécuteurs de son Eglise ; l'histoire ne se contredira pas, et elle continuera d'enregistrer la fin honteuse des nouveaux impies ; la Providence existe, et elle fera tôt ou tard triompher la vérité ; notre conscience nous dit que la Révolution est funeste, et cette arme finit par ensanglanter la main qui la touche.

L'Italie, elle aussi, sera châtiée jusqu'à ce qu'elle soit plus digne de sa mission. Si Dante revenait sur la terre, il nous la peindrait encore en lui disant : « O Italie esclave, séjour de douleurs, navire sans nocher dans une grande tempête, tu n'es plus la maîtresse des provinces, mais un bouge infâme... Oh ! non ! tes citoyens ne sont pas encore sans guerres, et bientôt ils se dévoreront l'un l'autre, ceux qu'enferment un même rempart, un même fossé. Cherche, infortunée, sur le rivage de tes mers, ou bien dans ton sein, s'il est une place qui jouisse de la paix ! » Voilà ce que l'Italie est devenue, non pas sous la houlette des Papes, mais sous l'inspiration révolutionnaire. Ainsi donc, l'Italie, elle aussi, demande l'arrivée *du Réorganisateur !*

Et que dirons-nous de l'Espagne, lassée, épuisée, déchirée, *sans vrai roi*, bientôt sans religion ? Ce peuple cherche partout un guide sûr et ne le trouve nulle part. Il est comme ivre, et, s'il n'y prend garde, il va, lui aussi, rouler dans un abîme d'où il ne se relèvera qu'en s'appuyant sur le bras de Dieu.

Pour la Suisse, la Belgique, la Hollande, ou bien elles sont menacées de crouler sous les coups de l'Internationale, ou bien elles se voient à la veille d'être englouties par l'insatiable Prusse, qui les guette comme sa proie.

Le Danemark, faible et encore tout meurtri, attend le coup suprême qui va l'étendre mort parmi les cadavres déjà gisants aux pieds de la Prusse, et, il y a quelque jours à peine, on parlait d'un différend survenu entre lui et son ennemie : *Le Danemark avait troublé le breuvage de la Prusse.*

La marchande Angleterre, qui, à travers les vitrines de sa boutique, a regardé impassiblement notre assassinat, s'aperçoit avec épouvante qu'elle est sur le point de perdre ses comptoirs, pillés bientôt par de robustes voleurs. Elle ne peut songer à les défendre, parce que la noble épée de la France est brisée.

La question d'Orient est brûlante, et le czar cherche une occasion pour prendre sa revanche et satisfaire son appétit.

La Suède voit se tourner vers elle le regard avide et la main rapace du géant russe.

La Pologne voit un sceau nouveau apposé sur sa tombe et marqué du sang de la France, son éternelle alliée.

L'Autriche *se meurt*, et bientôt *elle sera morte*, si elle ne revient pas à la religion, qui fit autrefois sa grandeur. La blessure qu'elle reçut à Sadowa est encore béante ; elle a dû reculer devant la scélérate Italie, comme elle avait reculé devant la Prusse, et maintenant le pieux Guillaume parle de lui enlever dix millions d'hommes qui doivent faire partie *de la grande unité allemande.* Le bruit court à cette heure que la Russie et la Prusse aiguisent leurs coutelas pour commencer le *dépècement.* — Abdiquant cette religion, qui seule pouvait entretenir la vie dans son sein, l'Autriche se précipite elle-même vers la fosse où elle tombera avec ses titres, sa grandeur et son nom.

Et la sage Russie s'arme également *pour la paix ;* car elle sait bien que, *pour avoir la paix, il faut préparer la guerre.* Mais nous ne sommes point dupes, et nous savons qu'elle ne sera satisfaite qu'au jour où, de Constantinople, elle enserrera dans ses bras de fer l'Orient et l'Occident.

Cependant ne craignons rien : des puissances plus formidables sont tombées sous le doigt de Dieu ; des empires mieux assis se sont écroulés ! Laissez passer la justice de Dieu, et vous verrez de grandes choses !

Nous ne savons qui châtiera la Russie : mais elle sera châtiée, et le sang de la Pologne lui *retombera sur la tête.*

Inutile de rien dire de la Grèce, parce qu'elle compte à peine dans le monde politique. Son existence même n'est pas bien fixée.

Ainsi donc, le monde est régi par l'axiome de Bismark : « *La force prime le droit* ; l'infâme fourberie prime la justice. » Ainsi le désordre règne sur le monde. Mais règnera-t-il toujours ?

§ II.

Il viendra un réorganisateur.

Si le monde devait demeurer quelque temps encore dans son chaos actuel, nous pourrions dire que la fin des siècles approche, que le genre humain a fini son voyage sur cette terre.

Mais les temps ne sont pas encore accomplis, parce que la vérité n'a pas régné dans tout l'univers, dans toutes les îles, sur toutes les plages, au sein de tous les déserts. Par la promesse du Christ, nous savons pourtant qu'il en doit être ainsi ; nous savons que la vérité et la justice de Dieu règneront ; nous le savons avec certitude. Elle jettera son cri de réveil, cette vérité humiliée ; elle brisera la pierre que les rois ont cru sceller sur son tombeau, et, avec les débris, elle menacera la tête de ses bourreaux et de ses pitoyables gardiens. O vérité du Christ ! si bafouée, si oppressée et néanmoins tant chérie encore par les âmes nobles qui ne veulent pas de l'affreuse tyrannie *des faits accomplis,* tu reprendras ta place dans l'univers, et tu illumineras le monde de tes splendeurs. Tu seras encore l'inspiratrice des héros, tu nous rendras avec ta foi la bravoure et la gloire des anciens Français.

L'impiété que nous a léguée le xviiie siècle sera étouffée sous les roues de ton char triomphal ; l'œuvre perverse de la Révolution et de la Philosophie sera anéantie ; les peuples enchaînés, la foi asservie ressaisiront leurs droits et leur liberté. On ne verra plus ce qu'on appelle les droits et les principes nouveaux se distribuer les peuples au gré des appétits. Dieu laisse sommeiller sa colère. Mais, quand elle se réveille, ce réveil est effroyable. Déjà elle s'est levée : tremblez, impies couronnés ou non couronnés !

Princes, Rois, Empereurs de l'Europe ; Princes, Rois, Empereurs, ivres d'une délirante et vorace ambition ; hommes sans justice et sans Dieu, vous chancelez, même sur vos trônes de fer. Prenez garde ; car le moindre coup de tonnerre peut d'un instant à l'autre vous prouver combien sont peu solides les diadèmes travaillés, les couronnes tressées par les mains de l'iniquité et de l'athéisme. Règne de la vérité du Christ, règne du droit et de la justice, nous te saluons avec enthousiasme et amour ! Nous t'appelons à grands cris ; viens remettre chaque chose à sa place dans cet infernal chaos !

Eh quoi ! vous pensez que nous pouvons, sans mourir, rester plus longtemps dans cette affreuse confusion ?...

La force brutale, immonde, la fourberie triomphante : voilà le droit; — la richesse et le succès : voilà la gloire et la vertu; — la morale indépendante et l'athéisme : voilà notre religion!

Et vous croyez que les choses en resteront là? *Les princes et les peuples se sont réunis pour secouer le joug de Dieu et de son Christ*, et vous pensez que Dieu n'aura pas sa revanche et ne se rira pas, comme il l'a promis, des rois, des princes et des peuples?

La religion est esclave dans son chef, et elle le sera toujours? Et Celui qui fit rompre les chaînes de l'apôtre ne sauvera pas sa religion esclave? Et Celui qui l'a fait triompher du glaive de Néron, du sarcasme de Julien, des sophismes de Luther, du rire de Voltaire, vous vous figurez que Celui-là va, pour la première fois, abandonner la cause de sa Vérité?

Non! non! ne le croyez pas. Voyez plutôt la vengeance de Dieu qui commence son voyage autour du monde! Elle a débuté et elle continuera par de grands coups. Nous n'avons pas vu la fin des châtiments. Peut-être des milliers de barbares couvriront-ils encore la terre de cendres et de sang; peut-être verrons-nous encore bien de fumantes ruines, bien des mares sanglantes; mais ce sera précisément l'œuvre de la Justice et la préparation du grand règne. Les tyrans et les satellites s'entre-dévoreront pour faire place au grand Roi qu'attend le monde. La cause de la vérité, fortifiée, ennoblie par le martyre, resplendira comme jamais elle n'a resplendi; car de tout temps le sang des martyrs d'une bonne cause a été une semence de disciples pour cette cause; et de Maistre a pu dire que, toutes les fois qu'un drapeau était illustré par la mort de grandes victimes, le triomphe de ce drapeau était assuré.

Mais quel sera le restaurateur attendu? quel sera le père de la société nouvelle, et quels seront ses ouvriers pour l'accomplissement d'une si grande entreprise?

§ III.

Qui réorganisera le monde. — Comment un peuple catholique peut se relever. — La France peut se relever.

Malgré les désastres qui ont fondu sur nous, malgré nos blessures affreuses, malgré la profondeur de notre chute, nous n'hésitons pas à répondre que le monde sera réorganisé par la France, si elle revient à son Dieu et à ses rois. Sans doute nous rencontrerons bien des incrédules pour une telle affirmation, et surtout pour un triomphe accompli dans de telles conditions. Mais n'importe! nous y croyons, et il nous est doux d'y croire, parce que nous aimons notre pays, et parce que notre foi, bien loin d'être vaine, s'appuie sur les raisons très-solides que nous allons développer.

D'abord, nous dirons que la résurrection de l'antique France est possible, malgré les chutes qui l'ont abaissée si profondément. Nous le prouverons contre ceux qui regardent nos maux comme incurables.

On dit : Les nations vieillissent comme les individus. Elles ont une jeunesse, un âge mûr, puis une vieillesse. Elles sont d'abord faibles, elles se fortifient, puis enfin elles tombent sous les coups de la décrépitude et de la mort.

C'est là un sophisme, si l'on ne distingue pas. L'histoire nous montre bien tous les empires, tous les royaumes, toutes les républiques, se succédant et se poussant dans l'abîme du passé, comme un fleuve immense qui coule depuis six mille ans, sans que nulle barrière ait jamais été capable d'arrêter la vague. Cela est vrai ; c'est un fait éclatant de lumière, et que Bossuet a mis dans la plus grande évidence.

Mais pourquoi ce phénomène ? Pourquoi les peuples meurent-ils, lorsque les individus se remplacent toujours ?... Les peuples périssent, parce qu'ils abandonnent les principes fondamentaux et constitutifs, qui sont la base indispensable des sociétés. Jusqu'ici l'histoire nous montre successivement tous les peuples de toutes les époques courant inévitablement au tombeau, parce qu'aucun de ces peuples ne s'est fondé sur les vrais principes qui font d'abord l'individu, puis la société ; ou bien, parce que si l'un d'eux les posséda, il fut assez insensé pour les abandonner. *Et il a dû en être ainsi, parce que l'erreur est variable et ne dure pas, et que la vérité seule demeure.*

Il suffit de réfléchir pour se convaincre de cette importante vérité, que, du reste, nous trouvons écrite à chaque page de toutes les annales humaines. Nous disons donc que ce sont les vrais principes religieux, sociaux et moraux qui doivent servir de base à toute institution humaine, et surtout à une société ; que, sans cette condition indispensable, l'édifice n'est élevé que sur un sable mouvant. Si cette base, en effet, n'est pas la vérité même, la vérité certaine, immuable, fille de Dieu et Dieu même, qu'arrive-t-il ? Il arrive que les philosophes, les sages, les esprits forts, les ignorants, les scélérats et les ministres de la Divinité eux-mêmes, ainsi que nous l'enseigne Cicéron, commencent à rire de la religion et de ce qui s'y rapporte, et, par conséquent, à rire des vérités altérées sur lesquelles se basent toutes les sociétés, excepté la seule société qui se fonde sur la vérité pure et sans mélange. Dès lors, ces principes factices tombent vermoulus. L'enseigne se détache, et tout croule avec l'enseigne. L'impiété descend dans les rangs de la multitude, la corruption s'étend ; la morale devient indépendante ; les cœurs et les caractères se blasent, et les peuples expirent honteusement dans une vile agonie, ou plus honteusement encore sous le pied d'un tyran.

Il ne reste à cette société que deux voies possibles : l'anarchie ou l'esclavage. Chez un peuple où toute idée d'un pouvoir supérieur a disparu, où l'on ne respecte plus les droits de la Divinité, qui commandera et qui obéira ? Tous commanderont ou voudront commander et personne n'obéira ou ne voudra obéir.

Rien n'est plus évident que la théorie à ce sujet. De quel droit, en effet, un homme m'imposera-t-il une loi, un ordre, s'il n'agit qu'en son nom ? Dira-t-on qu'il sera choisi par le peuple pour garantir la sécurité publique ? Mais êtes-vous bien assuré que ce chef ainsi élu n'aura pas de puissants compétiteurs ? Etes-vous bien sûr que ce chef aura pour lui l'unanimité des suffrages, et que ces suffrages lui seront toujours acquis ? Et, s'il n'a que la majorité, croyez-vous que cette majorité sera toujours triomphante ; que la minorité acceptera facilement un joug qu'elle hait et méprise ; que, si elle s'y soumet un jour, elle ne profitera pas de la première occasion propice pour se venger et l'emporter à son tour? Croyez-vous même que le bon sens se trouve toujours du côté des majorités? Croyez-vous qu'elles seront toujours bien rares les villes qui, comme Paris, choisiront leurs représentants parmi des hommes également ignorants et scélérats?

Voilà tout autant d'immenses questions qu'il importe de résoudre avant de prétendre que le peuple par lui-même saura se donner un gouvernement durable. Mais elles ne seront jamais résolues, et la plus évidente expérience est là pour nous prouver que l'anarchie est le résultat de toutes ces luttes et de ce défaut de principes.

D'ailleurs, lorsque vous établissez qu'un vote de citoyens peut nommer un pouvoir, vous ne sauriez du moins nier ceci, que ce vote des citoyens peut défaire le lendemain ce qu'il a fait la veille. Cela ressort évidemment de vos principes. Mais, dire que d'un jour à l'autre un vote peut renverser l'édifice qu'il vient d'élever, n'est-ce pas établir l'éternelle anarchie; l'établir en principe, en loi fondamentale? N'est-ce pas dire que le meilleur état pour un peuple est l'état d'aliénation mentale, de folie et de délire perpétuel?

Et même, on peut le prouver aux amis du désordre, cette anarchie ne saurait subsister.

La lassitude, l'ennui ne tardera pas à apaiser la fièvre; le marasme s'emparera de la masse des peuples. Bientôt, les affaires ne marchant plus, la guillotine fonctionnant en permanence, des milliers de comités s'étant organisés pour sauver l'Etat, répandre le sang et voler l'or des citoyens, il arrivera que le peuple sera mûr suffisamment pour une de ces servitudes inouïes, comme celle que subit la France au sortir de la première République; pour un de ces règnes despotiques et corrupteurs comme celui qui suivit la République de 48; comme celui que subirait encore si volontiers notre pays après la République de 70. Alors on voit ce peuple naguère si insatiable d'égalité, de liberté, de fraternité, si infatigable à crier : « Vive la République *une, indivisible!* Vive le peuple souverain ! » on voit ce peuple, dis-je, courber patiemment son front sous le plus épouvantable joug. Alors on demande *du pain et des jeux,* et c'est tout. Pendant de longues années, ni la corde ni le sabre ne le rebutent; il répand son sang par torrents; il obéit en aveugle aux ordres du tyran qu'il subit et qu'il s'est donné.

En vain le tyran règle les consciences avec le tranchant de son épée; en vain son caprice fait loi; en vain ce peuple se voit mutilé par lui : ce peuple obéit, obéit encore, sans se lasser d'obéir et de ramper...

Mais je me trompe : il vient encore un jour où il se lasse, où il veut un nouveau changement. Quand il se sent le cou fatigué à force de l'avoir baissé, alors il veut le relever, alors il invoque un libérateur quelconque; alors on voit des Français, comme cela se vit en 1815, on voit des Français se précipiter aux genoux de LL. MM. l'empereur Alexandre et *le roi de Prusse, leur baiser les mains, les habits, arrêter leurs chevaux...*

Cessons, grand Dieu! pour ne pas être obligés de trop rougir !

Il arrive donc alors que la tyrannie elle-même ne dure pas : on veut s'en délivrer par tous les moyens. On invoque, ou bien le canon d'un étranger, ou bien le poignard d'un assassin; et d'une manière ou d'une autre, il faut qu'on *traîne à l'égoût celui qu'on avait élevé sur un autel*. De nouveau la borne du trottoir est devenue un trône; la guillotine, le ministre du pouvoir; c'est de nouveau le règne de l'anarchie.

Et il en sera toujours ainsi, parce que tout ce qui se base sur des fondements humains tombe, en même temps que ces fondements s'ébranlent. Qu'on le veuille ou non, c'est un résultat inévitable. Ce sera continuellement le despotisme, alternant avec la confusion, jusqu'à ce qu'enfin arrive un conquérant pour faire disparaître de la surface du monde ce peuple infortuné. C'est ainsi que finirent l'Empire romain et la Pologne, et c'est ainsi que nous finirions si, après avoir abandonné les vrais principes, nous étions assez malheureux, assez aveugles pour ne pas y revenir.

Si l'on se demande maintenant pourquoi toutes les nations jusqu'ici ont succombé, on verra clairement que la solution du problème n'est autre que celle-ci : ou bien le peuple n'était point basé sur de vrais principes, et alors ces principes ne pouvant résister ni aux attaques de la raison, ni aux coups que leur portent les passions, ni aux dégradations causées par le temps, ces principes ne pouvant engendrer de convictions durables, se sont écroulés et ont entraîné l'irrémédiable chute de ce peuple; ou bien ce peuple était en possession de la vérité et de ces principes; mais il les a abandonnés; mais, à cause de grandes prévarications, il a été frappé d'aveuglement; mais, à cause de grandes erreurs, il ne s'est pas conformé à ces principes, et alors il a succombé et il est mort.

Alors, dira-t-on, en face de ce fait universel, il faut convenir que toutes les nations vieillissent et marchent également vers un tombeau, parce qu'on doit conclure que ce qui est toujours arrivé dans le passé arrivera toujours dans l'avenir.

L'objection semble spécieuse, et pourtant elle n'infirme en rien notre thèse.

Toutes les nations *peuvent périr*, répondrons-nous. Cela est vrai, et nous ne le contestons pas, soit qu'elles aient eu primitivement la vérité en partage, soit qu'elles n'aient eu qu'un fantôme de la vérité.

Mais ce que nous ne voulons pas accorder, c'est que toutes les nations *doivent nécessairement périr*. A peine l'accorderions-nous pour celles qui n'ont eu que des parcelles de la vérité pour cimenter les bases de leur frêle édifice social.

Mais le peuple qu'a éclairé l'Evangile de Jésus-Christ, le peuple qui conserve la vraie religion, le vrai culte du vrai Dieu, non ! ce peuple ne saurait être inévitablement condamné à mort. Ce peuple peut prévariquer, et, par conséquent, il sera puni et périra même par châtiment, parce que les crimes sociaux s'expient en ce monde ; mais si ce peuple est fidèle, ou s'il se repent d'une infidélité, il en recevra également la récompense en ce monde. L'Ecriture nous apprend que Dieu *a fait les nations guérissables*, et nous pourrions l'en croire sur parole, même quand notre raison ne nous montrerait pas l'évidence de cette vérité.

La vérité est immuable. Elle surnage à toutes les tempêtes ; elle survit à tous les orages. Elle ne fut pas même étouffée au milieu des boues de l'ancien monde, et Dieu ne le permet pas, afin de rendre *inexcusables* ceux qui l'abandonneraient. Dans notre raison et surtout dans les enseignements divins, nous pourrons toujours retrouver cette lumière qui doit nous indiquer notre marche. Ainsi, le peuple qui s'appuiera toujours sur cette invincible vérité, ou celui qui y retournera après l'avoir abandonnée, ne périra pas, ou se relèvera s'il a jamais chancelé. Au contraire, on ne retourne pas à l'erreur une fois reconnue comme telle. L'erreur ne trompe pas deux fois, et, en outre, elle est impuissante à rien édifier de durable. La vérité, elle, demeure toujours, brille toujours, réchauffe, éclaire toujours ceux qui s'en approchent. Elle est capable de rendre la vie même à un agonisant, quand celui-ci veut user des remèdes qu'elle lui indique et se confier à elle seule pour sa guérison.

Nous pouvons donc relever la France; nous avons pour cela l'expérience, les matériaux, le ciment : rien ne lui manque de ce qu'il faut pour reconstruire un superbe édifice.

§ IV.

La France se relèvera, en premier lieu, parce qu'elle a encore sa mission à remplir.

Non-seulement la France peut, mais encore elle voudra se relever, et elle se relèvera. La France redeviendra la grande et noble France de nos aïeux. Nous le croyons, et si nous devions mourir avant de voir la résurrection de la patrie, nous en emporterions au tombeau, et gravée dans notre cœur, la douce et invincible espérance.

Elle se relèvera, parce qu'elle a toujours accompli *les gestes de Dieu*, et que sa mission n'est pas achevée; — parce que la France, malgré ses prévarications, conserve chez elle les vraies tables de la loi : elle brisera le veau d'or pour revenir sincèrement aux pieds du Seigneur; — parce qu'il y a encore de la religion et du courage en France; — parce que nous sommes punis les premiers, et que nous nous serons relevés lorsque s'accomplira le châtiment des autres coupables; — parce que, l'erreur moderne ne pouvant aller plus loin, la France sera religieuse et catholique, ou ne sera plus; — parce que la France est punie et non condamnée à mort; — parce que la flexibilité de notre caractère national nous permet un prompt retour aux vrais principes; — parce que nul mieux que nous ne peut accomplir en ce moment la mission dont Dieu nous a chargés en ce monde; — parce qu'enfin une foule d'heureux symptômes annoncent une prochaine résurrection de notre pays.

S'il nous est dur et pénible d'établir que la France ne périra pas, afin de répondre aux douloureuses appréhensions de ses amis trop vite découragés et aux cris joyeux de ses ennemis qui la croient à sa dernière agonie; si ce devoir, dis-je, nous est pénible à accomplir, du moins nous nous sentons heureux en considérant toutes les preuves que nous avons de notre future restauration, en considérant que peut-être pas un peuple n'a autant de garanties qu'en a notre France. Qu'il nous soit permis de développer un peu ces preuves diverses.

Tous les peuples ont une mission providentielle à accomplir en ce monde, et ils ne sauraient l'abandonner sans mourir. C'est une vérité de simple bon sens ; car si Dieu impose une mission à l'homme, à l'arbre, au brin d'herbe, au grain de sable, évidemment il n'a pas livré les peuples aux caprices d'un aveugle hasard. Si les peuples n'avaient pas de vocation, on en pourrait conclure très-légitimement que Dieu n'existe pas, parce que ce vice accuserait un défaut dans sa Providence ; et, nous le savons, il n'y a pas de Providence divine imparfaite : ce serait une contradiction dans les termes. D'ailleurs, que tous les peuples soient sous la main de Dieu, nous le voyons maintenant plus clairement que jamais : tous sont d'accord pour reconnaître le doigt divin dans nos catastrophes. Et qui dira que le but spécial de la Providence n'a pas été de se manifester visiblement aux hommes qui ne croyaient plus à elle?

Ainsi, nous sommes tous dans la main de l'Eternel ; nous avons tous, comme peuple, une mission à remplir et dont nous ne saurions nous écarter sans tomber dans le *désordre*, comme ferait un astre lui-même sortant de son orbite.

Mais quelle est la mission de la France ? La voix des siècles répond : « La France est le soldat de Dieu ; elle accomplit les gestes divins. » C'est là une vérité que ne niera nul homme sensé. L'arianisme, l'islamisme, le protestantisme, ont reçu de la France leurs plus mortelles blessures ; la France n'a jamais cessé d'être catholique, et l'hérésie ne peut jamais prendre racine dans son sein. Ce fait, clairement particulier à la France, d'un peuple combattant tout le long de son existence pour le triomphe d'une religion, et ne reconnaissant jamais lui-même d'autre religion que celle-là, ce fait, dis-je, unique depuis Jésus-Christ, prouve suffisamment que notre mission est bien tout entière dans ces mots : *Gesta Dei per Francos*. Il faut, pour trouver un fait analogue, remonter jusqu'au peuple hébreu. Ce serait même une intéressante étude à faire que de comparer les destinées des deux peuples, de les voir châtiés de la même manière, avec les mêmes exils, les mêmes captivités, les mêmes défaites inouïes; de les voir récompensés par les mêmes victoires, et de la manière la plus visible ; de constater les différences et de remarquer que le peuple franc fut plus puissant que le peuple hébreu, précisément parce que cette puissance matérielle lui était nécessaire pour protéger la vérité ; précisément parce que, depuis Jésus-Christ seulement, on connaît les *guerres de religion*, et que, pour défendre la véritable religion, il était besoin d'une vaillante épée. Mais cette étude nous mènerait trop loin. Qu'il nous suffise de constater que la nation française est la nation spécialement choisie pour défendre le règne de la vérité. — Toutefois, nous dira-t-on peut-être, le peuple hébreu, lui aussi, fut choisi spécialement, et pourtant il est mort, lui aussi. — C'est vrai, répondrons-nous, le peuple hébreu est mort ; mais lui, il avait achevé sa mission en ce monde. Soit à cause de son aveuglement opiniâtre, soit pour une autre mystérieuse raison, la garde de la vérité passait à d'autres mains; tandis que notre mission à nous n'est pas achevée, que la vérité a encore besoin d'un soldat, et que la France ne renoncera pas opiniâtrément à sa mission.

Que la vérité réclame encore le secours d'un *peuple choisi*, rien de plus évident. Sans doute elle ne veut pas être imposée à coups de sabre; mais il faut pourtant qu'elle soit protégée contre ses persécuteurs et ses spoliateurs, devenus plus nombreux que jamais. Il faut qu'un peuple l'embrasse sincèrement, en fasse son unique compagne, son unique conseil, et la montre à l'univers pour obliger les nations à reconnaître la bienfaisance de son sceptre glorieux. Et croyez-le ; c'est ce qui arrivera, parce que Dieu, qui veut le règne de la vérité sur notre misérable planète, ne permettra pas aux hommes d'empêcher l'accomplissement de ses desseins. — Ici une question se présente : on avouera bien que la France a été jusqu'ici le peuple choisi ; mais on ajoutera que, s'étant rendu indigne de sa mission, il est rejeté et qu'une autre nation va prendre sa place.

Et quelle nation prendra sa place, demanderons-nous ? Quelle nation n'est pas coupable ? Quelle nation est plus catholique que la France ? Quelle nation a autant fait pour la vérité, même dans ces derniers temps, même au milieu de l'infortune ? Et puis, la nature de son châtiment ne montre-t-elle pas que Dieu veut la rétablir dans ses prérogatives, en la remettant sur sa vraie voie ? Qui le niera ? Qui même ne le verra pas ?

Oui, la France conserve encore *les vraies tables de la loi*. Elle a prévariqué ; elle s'est même prosternée aux pieds de plus d'une idole ; mais il n'en est pas moins vrai qu'elle garde encore l'arche d'alliance, et que le salut sortira pour elle de cette arche divine.

§ V.

La France se relèvera, car elle est encore catholique.

Nous ne l'ignorons pas, l'impiété a fait des ravages épouvantables en France : nous le voyons et nous le déclarons plus que jamais, et, cependant, malgré cela, nous n'en continuons pas moins à dire que la France est la nation catholique et très-chrétienne, et qu'elle s'est encore montrée digne de son titre.

Lisez l'histoire de l'Eglise dans les derniers temps : qu'y trouvez-vous ?

Vous trouverez que les enfants de la France, plus que les enfants de tout autre grand peuple, ont volé au secours du Pontife-Roi, attaqué par la révolution, même alors que l'empereur des Français aidait à la révolution par ses ténébreuses et hypocrites manœuvres ; — vous trouverez que les héros de Castelfidardo et de Mentana étaient surtout des Français ; — vous trouverez que, si notre gouvernement tombé n'a pas accompli, dès le premier jour, son crime tout entier, tel qu'il le méditait, que s'il a usé de tant de détours et de perfidies, nous le devons à la France catholique ; — vous trouverez que, si pour la consommation de leur résolution scélérate, Napoléon III et Victor-Emmanuel ont dû attendre, l'un que la France fût jetée dans une guerre épouvantable, qui devait réclamer le secours de tous les bras, l'autre qu'elle fût écrasée, nous le devons encore à cette même force du parti catholique...

Pour rester dans notre siècle, à côté de tant de prévarications et d'œuvres impies, nous pouvons admirer en France de sublimes manifestations de la foi religieuse.

La France a donné au monde la Société de Saint-Vincent de Paul. Et la Société de Saint-Vincent de Paul a soulagé plus de pauvretés, apaisé plus de misères, guéri plus de douleurs en une année que toutes les sociétés philanthropiques durant leur existence entière et sous toutes leurs formes diverses. Elle a rempli l'Orient et l'Occident, malgré les persécutions des gouvernements impies, entre autres de notre gouvernement impérial déchu. En ce moment, tous ceux qui doivent à cette Société de n'avoir pas subi les horreurs de la misère et de l'ignorance (et ils sont innombrables), tous ceux-là doivent remercier notre généreuse patrie de ce bienfait. Et Dieu saura la récompenser d'avoir donné au monde, en plein XIXe siècle, ce vivant témoignage de la charité qu'il nous a enseignée.

En ce siècle encore, si la vérité a vu bien des apostasies, a subi bien des attaques, elle a pourtant reçu dans ses bras des multitudes de nouveaux disciples.

Toutes les îles, tous les déserts les plus reculés ont été sillonnés par les courses du missionnaire apostolique, portant la bonne nouvelle au barbare le plus délaissé et le plus ignoré. En notre siècle, l'Eglise catholique a eu ses athlètes et ses martyrs comme aux plus beaux siècles de la Foi.

Pendant ce temps, l'Angleterre payait avec son or le cupide missionnaire protestant d'Allemagne, pour lui faire joncher tous les rivages de bibles sans nombre, en toutes langues, de toute forme, et avec toutes les altérations et toutes les erreurs réunies de l'Allemagne et de l'Angleterre (voir à ce sujet : *Missions chrétiennes*, par Marshall ; ce sont deux grands volumes de preuves qui établissent cette assertion), pour lui faire semer l'ivraie au milieu du bon grain apporté par le pauvre missionnaire catholique !

Mais qui donc le soutenait, qui l'envoyait, le prêtre catholique? Qui lui donnait de quoi racheter le petit Chinois que sa mère dévouait à la mort? qui racontait au monde les œuvres admirables de l'humble apôtre? C'était la France, la France catholique, par ses œuvres de la Propagation de la Foi et de la Sainte-Enfance. C'est la France, la France catholique qui a donné à l'Eglise le plus grand nombre de ses missionnaires et de ses derniers martyrs. C'est en France que fleurissent toutes ces écoles d'apôtres qui se destinent, les uns pour le Japon, la Corée, la Chine ; les autres pour le Congo, la Guinée ; ceux-ci pour les Amériques, ceux-là pour l'Océanie ; qui se vouent, en un mot, à la conversion du monde entier.

Et en nos temps malheureux et impies, où le Souverain-Pontife s'est vu dépouillé de ses Etats, qui a soutenu le Pape-Roi de ses aumônes et de ses sacrifices, sinon la France catholique? Qui l'a soutenu de ses sympathies et de ses protections, si ce n'est encore notre France, notre France catholique?

Et qui a plaidé la cause de la catholique Irlande, de la catholique Pologne? Qui a offert l'hospitalité à leurs enfants exilés? Qui a partagé leurs maux, si ce n'est la France catholique?

Et qui a encore donné au monde cette Sœur de charité si héroïque et en même temps si humble, qui affronte les feux du désert et les tempêtes de l'Océan à la suite du missionnaire ; qui affronte l'air infect des hôpitaux et des ambulances, et la mort sur le champ de bataille, à la suite de nos soldats, pour soigner à la fois leurs blessures et celles de l'ennemi ; qui a donné la Sœur de Charité au monde, si ce n'est encore la catholique France?

Mais c'est assez : l'énumération serait trop longue et pourrait devenir fastidieuse pour plus d'un lecteur. Nous ne parlerons donc pas du Clergé français, si grand, si noble au milieu de tant d'épreuves ; de tous les Ordres religieux, de toutes les saintes Congrégations qui fleurissent en France, et ne peuvent que fléchir la colère divine par leurs prières et ramener la France par la prédication de leurs exemples et de leur parole ; — nous ne dirons pas que la France, en plein xixe siècle, a pris la sainte Vierge pour patronne ; qu'elle a donné aux âmes pieuses une foule de saintes satisfactions, qui, sans doute, feront sourire plus d'un esprit fort ; mais qui, pour nous, sont un gage assuré d'un chrétien et glorieux avenir ; — nous ne dirons rien non plus du grand acte de réparation qu'a osé accomplir notre Assemblée nationale, en demandant aux Français des prières publiques pour apaiser la colère du Ciel ; — nous ne dirons rien de tout cela et d'une foule d'autres faits qu'il nous serait doux de raconter ; mais nous concluerons sans retard que, si un grand nombre de Français ont été façonnés par l'athéisme, à l'image de Voltaire et de Strauss, la France est néanmoins restée catholique, et qu'elle l'est plus que jamais, maintenant qu'instruite par le malheur elle voit où l'ont précipitée les sophistes, les impies, qui ont fait cause commune avec nos ennemis pour la piller et la détruire. Nous concluerons aussi que la France n'est pas encore indigne de sa mission et qu'elle restera chargée d'accomplir *les gestes de Dieu.*

Nous voyons du reste que les autres nations sont encore moins disposées que nous à rentrer dans la vraie voie. La protestante et rationaliste Allemagne voit une partie de ceux qu'elle comptait parmi les catholiques apostasier et devenir protestants et rationalistes ; et la puissante Allemagne souffre patiemment l'assassinat du Souverain-Pontife ; elle le souffre, si même elle n'y a pas aidé. L'Autriche est menacée par la Révolution ; et, s'éloignant toujours davantage du centre de la vérité, serait disposée à prendre fait et cause pour les ennemis de l'Eglise ; l'Italie est devenue le bourreau de cette Eglise ; l'Angleterre est trop protestante et trop égoïste pour surveiller autre chose que ses magasins ; l'Espagne est impuissante... Qui donc sera le soldat de Dieu ? Ce sera la France. Maintenant humiliée, abaissée, elle proteste contre le fait accompli de la spoliation et du sacrilége, comme le témoignent assez les récentes discussions de l'Assemblée nationale. Ce sera la France, dont les catholiques du monde entier demandent l'intervention en faveur du Pontife spolié ; la France que Pie IX bénit et pour laquelle il prie (1) ; la France qui est fille de Clovis, de Charlemagne, de saint Louis, qui est la fille aînée de l'Eglise.

§ VI.

Objection résolue. — Nouvelle preuve d'une prochaine restauration de la France.

Objectera-t-on que la France ne se relèvera pas, parce qu'elle n'a plus le courage et l'héroïsme qui la firent autrefois si grande ? Nous

(1) Pie IX a refusé à Bismark de détacher du reste des évêchés français la partie de la France annexée à l'Allemagne.

protestons contre cette accusation. La France, prise dans son ensemble, est héroïque, comme elle le fut toujours, et nous en trouvons la preuve au sein même de nos désastres.

Est-ce que les batailles de Wissembourg, de Forbach, de Reishoffen ne sont pas des *défaites triomphantes à l'envi des victoires;* dans ces batailles où des Français combattaient un ennemi cinq fois plus nombreux, mille fois mieux commandé, mieux armé, mieux approvisionné, l'effrayaient par leur bravoure, le tenaient en échec et l'auraient vaincu, si l'héroïsme l'emportait toujours contre le nombre et le canon?

Est-ce que la France, luttant jusqu'à la dernière extrémité, versant à flots son or et son sang, se livrant aux mains d'un Gambetta dans l'espoir de vaincre encore, sacrifiant ses enfants, les envoyant à l'ennemi sans exercice et à moitié armés; est-ce que tout cela n'est pas du courage? Est-ce qu'on peut faire valoir contre ce grand fait quelques hontes particulières, quelques lâchetés qui étaient le fruit de la lassitude, du découragement et de la prévision d'une défaite au moins très-probable?

Et, si la France n'avait eu à sa tête les hommes corrompus de l'Empire, si elle n'avait été victime des trahisons, ou au moins des inconcevables inepties de Sedan, de Metz et de Dijon, est-ce que la France n'aurait pas triomphé de son féroce ennemi? Et tant de héros qui sont morts comme on savait mourir autrefois, ne sont-ils pas un témoignage vivant que la flamme sacrée du soldat n'est pas éteinte chez nous?

Oui, nous nous relèverons, maintenant que nous sommes délivrés, grâces en soient rendues au Ciel! de ces hommes incapables et gangrenés, aux mains desquels nous avait livrés Napoléon III, notre ex-empereur; oui, nous nous relèverons, et le jour où nous nous relèverons n'est pas éloigné : nous en voyons poindre l'aurore.

Un seul malheur pourrait nous mener au tombeau : ce serait que nous ne comprissions pas les causes de nos châtiments, et que nous revinssions *à nos erreurs;* alors nous pourrions désespérer; il en serait fait de nous, parce que nous serions opiniâtrement rebelles à la Providence qui a voulu nous guérir. Mais il n'en sera pas ainsi, et nous nous relèverons d'autant plus vite du gouffre où nous sommes tombés, que la flexibilité de notre caractère national nous offre un moyen plus prompt et plus facile de revenir aux vrais principes. Il suffit d'étudier ce caractère avec un peu d'attention pour voir avec quelle facilité nous passons subitement d'une erreur et d'un mal extrême à l'extrême degré du bien et de la vérité. C'est un fait qu'il est inutile de prouver, tant il est reconnu de tout le monde. Cette flexibilité, qui peut causer les plus grands malheurs, peut quelquefois être la cause d'une prompte résurrection, et c'est ce qui arrivera en ce moment sous la pression de l'infortune, ou, mieux, du châtiment. — Car nous le répétons, et nous allons le prouver, la France est châtiée et non pas condamnée.

§ VII.

Le soin que la Providence met à sonder chacune de nos plaies montre qu'elle veut notre guérison et non pas notre mort.

Il serait difficile de trouver dans l'histoire une série de faits présentant un ensemble aussi visiblement providentiel que ceux dont nous avons été les victimes et les témoins. Le point de vue providentiel est le seul où nous puissions nous placer pour les juger sainement. Ceux qui, de cette hauteur, suivaient la marche des choses, en comparant le présent avec le passé, en se rappelant que la Providence sanctionne les faits et se réserve de les approuver ou de les désapprouver par leurs résultats, ceux-là prédisaient nos malheurs. Tout le monde sait qu'un prêtre d'Italie, qui n'est pas visionnaire, mais qui tire la conséquence immédiate de l'existence d'un Dieu juste et sage, que ce prêtre et une foule d'hommes bien pensants avaient annoncé la chute plus ou moins prochaine de Napoléon III, alors que Napoléon III était plus solidement assis que jamais. C'est ainsi que de Maistre prédisait la ruine de Napoléon Ier, dix ans, quinze ans avant qu'eût grondé le canon de Waterloo. Celui qui juge ainsi a infailliblement sur les événements des intuitions plus profondes que tout autre. Il n'explique pas un accident par un accident, une défaite par une erreur, par une imprudence, par un hasard, par une lâcheté; mais il se demande aussitôt comment cet accident, cette erreur, cette imprudence, ce *hasard*, cette lâcheté ont pu se rencontrer, surtout quand ils se présentent d'une manière aussi inouïe. Pour lui, il aperçoit, derrière l'ombre du fait qui passe, le doigt de Dieu qui dirige tout sur cette scène troublée où les autres ne *comprennent rien*. Pour lui encore, la France est punie, parce qu'elle est coupable. Il se rappelle que, comme l'a dit la sagesse des siècles, *l'homme propose et Dieu dispose.* L'homme, en effet, peut proposer, et c'est là son plus grand privilége; c'est par cela qu'il est libre ; c'est parce qu'il peut proposer qu'il est capable de mérite ou de démérite.

Mais, si l'homme a le droit de proposer, il n'a pas le droit de disposer : ceci appartient à Dieu, et la volonté de Dieu s'accomplit toujours infailliblement, malgré toutes les oppositions humaines. Si le souverain Maître ne triomphe pas par sa bonté, nous l'avons déjà dit, il triomphera par sa justice, et sa gloire y trouvera toujours son compte. Car, républicains, que vous le vouliez ou non, il en est ainsi : une fois Dieu supposé, si vous voulez être logique, il faut croire avec tous les hommes religieux, même avec les dévots, que tout en ce monde s'accomplit *pour la plus grande gloire de Dieu.* Cette gloire est la fin dernière de tous les événements, même dès ce monde, surtout lorsque ces événements ne *rejaillissent pas jusque dans l'éternité.* Niez, ne niez pas, peu importe : si vous ne le voyez pas à la lumière d'un beau et paisible soleil, vous le verrez du moins aux éclats de la foudre, bon gré, malgré vous.

Vous avez voulu des richesses sans Dieu, des plaisirs sans Dieu, des honneurs sans Dieu, et vous n'avez, en fin de compte, trouvé que la misère, la ruine et la honte. Vous avez chassé Dieu de votre monde, de vos lois, de votre politique, de vos mœurs, de vos relations, de vos sciences, de vos arts, de votre littérature; vous l'avez chassé de partout, et voici qu'il y rentre le glaive de la justice en main. Comment n'avez-vous pas prévu un tel dénouement? Comment l'histoire ne vous l'avait-elle pas fait pressentir? Est-il une vérité mieux éclairée, plus certaine que celle-ci : A savoir que Dieu, toutes les fois qu'il est méprisé, insulté, abaisse son bras irrité sur les impies, et que les impies s'engloutissent dans le sol entr'ouvert par la colère divine?

Satan dit : « Je ne servirai pas; je monterai, et je serai semblable au Très-Haut, c'est-à-dire je serai Dieu; » et un coup de foudre le précipite dans les gouffres infernaux, avec tous ceux qu'il avait séduits.

Il fut un jour où toute chair avait corrompu sa voie, et la main de Dieu ouvrit les cataractes du ciel, et la terre fut purgée par le déluge.

Il fut un jour où la France abandonna Dieu, et ce fut pour elle le commencement d'une série interminable de maux et de hontes.

Voilà comment l'Eternel sait venger ses droits lésés.

Niez-le, sophistes; niez-le, impies; discutez, parlez, écrivez, raisonnez : vous ne pourrez rien contre des faits ; vous ne ferez pas taire la voix de notre honneur humilié, de notre grandeur abaissée, qui nous disent : « C'est la main de Dieu qui nous a abaissés et humiliés ! » Non, vous n'aurez pas raison contre le témoignage de nos yeux. Il vous sera impossible, à jamais impossible, d'expliquer nos malheurs, si vous n'avouez que le doigt de Dieu est là. Si vous n'en venez pas à cet aveu, il ne vous reste plus que le mot banal de l'irréflexion, de la mauvaise foi, de la sottise ou de l'impiété : « On n'y comprend rien ! c'est inconcevable ! »

Ah ! si vous le pouvez, expliquez-nous ce que nous n'avons pu voir jusqu'ici, sans nous élever jusqu'à la Providence elle-même. Nous avions des soldats, ils étaient vaillants, et jusqu'ici ils étaient demeurés invincibles; ils sont les fils de ceux qui ont fait le tour du monde, et ils l'ont bien prouvé dans les combats inégaux qu'ils ont dû soutenir, et pourtant nos soldats sont tombés dans les filets ennemis; et par milliers ils ont peuplé les forteresses d'Allemagne. Nous avions un empereur qui connaissait les préparatifs multipliés de la Prusse, qui savait ses forces, sa discipline, le nombre de ses soldats, l'ambition de son roi, la fourberie de son ministre, l'habileté de ses généraux; nous avions un empereur qui savait tout cela, et qui avait en outre tout intérêt, pour se maintenir sur son trône, à ne pas commencer une guerre à l'aventure, afin de ne pas rendre inutile l'assurance de patiente fidélité que la France venait de lui donner par le fameux et funeste plébiscite, et pourtant cet empereur a déclaré à la France qu'elle était prête pour la guerre sans qu'elle le fût; il a fait dire que rien ne manquerait durant six mois, tandis que Metz et Strasbourg n'étaient pas armés; et pourtant cet empereur a opposé aux généraux ennemis les Failly, les Frossard, c'est-à-dire il a opposé l'ineptie à l'habileté; cet empereur qui, pour son honneur et celui de son fils, pour le salut de sa cause, pour rendre possible en France le retour d'un Napoléon, devait au moins se battre, *cet empereur, non-seulement n'a pas su manier une armée, mais il n'a passé son temps qu'à se garder et à se dérober; il a fini par se laisser prendre comme un lièvre et par rendre son épée ; et, on le sait, un Napoléon battu, c'est moins que rien.*

Nous avions des généraux que nous pensions être dignes de la France, et la valeur des uns, qui ont payé de leur personne, a été rendue inutile par la folie, la lâcheté ou la trahison des premiers chefs. — Nous avions des places fortes, et si les unes ont héroïquement résisté, d'autres ont été livrées lâchement, sans avoir tiré un coup de canon, ont amené la chute des premières et ont encore rendu inutile la défense sublime de Trochu et des siens à Paris. Et nous tous, quels sacrifices ne nous sommes-nous pas imposés pour délivrer la France ! Et pourtant, tous nos sacrifices n'ont abouti qu'à prolonger le triomphe de nos féroces ennemis.

Qui nous expliquera tant d'aveuglement d'une part, tant de puissance de l'autre ? Qui nous expliquera encore toutes nos illusions ? Comment nous sommes-nous tous si profondément trompés dès le premier jour, quand fut déclarée la guerre ?

Comment nous sommes-nous trompés après nos premières défaites ? comment, après Sedan ? comment, après l'arrivée de la République ? comment, après Metz ? comment toujours ? comment n'avons-nous ouvert les yeux que lorsque nous avons eu atteint le fond de l'abîme ? Qui nous dira le pourquoi de tant de fautes, de tant de méprises, de tant de crimes inouïs dans le passé et que peut-être on ne reverra jamais ? Sophistes, politiques, hommes de guerre, historiens, philosophes, statisticiens, parlez ! Réunissez vos lumières, vos données, vos expériences, et apprenez-nous comment nous sommes arrivés les yeux fermés là où nous en sommes ?

Vos efforts seront vains ! La meilleure de vos raisons se résume dans le mot imprudence, aveuglement, trahison. Mais nous pouvons aller plus haut et demander pourquoi ces imprudences, ces aveuglements, ces trahisons ? Et ici, vous êtes invinciblement arrêtés. Vous n'avez qu'une réponse plausible : c'est celle que le grand J. de Maistre a formulée ainsi : « Il n'y a qu'à *ouvrir l'histoire* pour voir que le châtiment envoyé à la France, quand elle est *coupable contre Dieu et l'Eglise,* sort de toutes les règles *ordinaires*, et que la protection accordée à la France en sort aussi. » C'est-à-dire nous sommes châtiés par la Providence, parce que nous sommes coupables.

C'est par cette réponse seulement, penseurs, que vous nous aurez expliqué comment il se fait que les troupes ennemies viennent de rentrer triomphalement dans Berlin entre deux rangées de nos canons, précédées d'une forêt d'aigles impériales et d'immenses trophées, dans lesquels comptent les épées de notre empereur, de nos maréchaux, de nos généraux, de nos officiers, les fusils de nos soldats, les richesses de nos châteaux et de nos campagnes, et une caisse gigantesque contenant cinq milliards arrachés à la France. Ah ! ce navrant spectacle nous montre le doigt de cette Providence si niée ! Nous le sentons, car il nous a touchés : *Tetigit nos !*

Et ici encore nous ne parlons que d'une partie de nos malheurs, de nos humiliations. Nous ne disons rien de Paris brûlé et de toutes nos villes, naguère condamnées à l'être et encore maintenant menacées de l'être ; nous ne disons rien de nos monuments détruits, de nos prêtres égorgés, de la *civilisation* devenue une *épouvantable barbarie.*

Non ! jamais, par plus d'effets, Dieu n'a montré son pouvoir ! Nous comprenons les providentielles disgrâces du nouveau *peuple choisi*, de ceux qui ont élevé des statues à Voltaire, qui ont applaudi, protégé, encouragé, décoré Renan et renversé le trône du Chef visible de la religion ; nous voyons que Dieu a été trouvé fidèle en toutes ses menaces, et qu'il ne nous a pas trompés quand il a dit : *Par moi règnent les rois, et mes ennemis seront emportés comme une feuille morte l'est par le vent*; nous voyons l'homme qui a trahi le Souverain-Pontife en le livrant à ses bourreaux par ces mots : « Allez, et faites-en vite ce que vous voudrez, » nous le voyons, comme le premier Pilate, traîner sur le sol étranger une existence déshonorée, sans qu'il lui reste une seule grande fidélité pour le consoler de son exil.

Nous reconnaissons

> . . . . à ces traits éclatants
> Un Dieu tel aujourd'hui qu'il fut dans tous les temps;
> Qui sait, quand il lui plaît, faire éclater sa gloire.

Il sait enlever le cœur d'homme à tous ces souverains impies et superbes qui méconnaissaient ses droits et sa puissance.

CHAPITRE II.

COMMENT LA FRANCE EST TOMBÉE.

§ 1er.

Pourquoi la France est punie. — Athéisme.

Si le châtiment n'a pas frappé seulement le pouvoir qui corrompait la France, n'en soyons pas étonnés ; car la France, elle aussi, était coupable. *Tout peuple mérite le gouvernement qu'il possède.* C'est une grande vérité. Ce gouvernement fera le bonheur ou le malheur, la gloire ou la honte d'un peuple, suivant que ce peuple aura mérité une punition ou une récompense. C'est là un corollaire immédiat de cet axiome que Dieu ne punit ou ne récompense les peuples qu'en ce monde. En dernière raison, c'est la cause profonde des révolutions qui bouleversent les sociétés corrompues. Un peuple est indigne d'un bon roi ; le bon roi monte sur l'échafaud et devient une sainte victime, à l'imitation de Celui qui, le premier, fut une sainte victime pour le monde entier tombé dans le mal ; puis, après la chute du bon roi, Dieu permet qu'une série de tyrans gouvernent ce peuple pour le châtier et le remettre dans les bras d'un pouvoir légitime, s'il se repent et se convertit ; ou pour le conduire à sa perte, s'il s'obstine dans le mal.

Donc la France entière fut coupable.

Un crime est la source de tous les autres : c'est l'impiété; c'est l'athéisme public, officiel, qui planait sur nous. Nous ne considérons pas ici l'impiété individuelle, l'impiété dans le cœur de chaque *Français*, mais *l'impiété nationale*, *l'impiété comme doctrine*, *l'impiété sociale*. Sous ce rapport, la France était immensément criminelle. Comme nous l'avons dit, elle est toujours catholique, toujours religieuse ; elle l'est dans ses entrailles ; elle l'est par nature. Mais, à côté de cette vraie France, il y avait une France athée, sans principes, sans religion ; il y avait surtout cette France officiellement impie, cette France qui régissait l'autre avec des lois athées, une morale athée, un pouvoir athée, un enseignement athée ; qui lui inspirait ses mœurs athées ; cette France qu'on peut définir par ces mots de Tacite : « Être corrompu, corrompre. »

Pour le monde officiel, pour la *société*, il semblait que nous en étions revenus à ces temps décrits d'un coup de plume par Bossuet, *où tout était Dieu, excepté Dieu lui-même*. Et même, je me trompe : lorsque tout était Dieu, excepté Dieu lui-même, on admettait au moins un Dieu quelconque ; on conservait un temple, un autel, des sacrifices, des solennités sacrées ; et ce Dieu était au-dessus de l'humanité au moins par la puissance qu'on lui croyait. De nos jours, on est allé plus loin : c'est une lutte acharnée contre Dieu. Non-seulement on le défigure, non-seulement on le transforme et on le déguise, non-seulement on le hait et on l'injurie ; mais encore on *l'écrase*, mais encore on *l'étouffe* dans la boue, mais encore on *l'anéantit*. Bossuet pouvait dire autrefois que toute erreur renfermait quelques parcelles de la vérité : cela ne semble plus vrai aujourd'hui, car on n'affirme plus le contraire, mais le *contradictoire* de la vérité. On dit : Dieu n'existe pas ; il n'y a pas d'autre Dieu que l'humanité, et les apôtres de cette doctrine ajoutent : « L'humanité est fille d'un immonde animal ! » Lecteur, si vous le pouvez, tirez l'épouvantable conclusion. La rage contre Dieu peut-elle aller plus loin? L'enfer peut-il enfanter de plus grandes monstruosités?

Et ne disons pas que c'est là une exagération ; car ils sont en nombre immense ceux qui ont propagé ces doctrines par les enseignements de la parole et de l'exemple.

Ils ont détruit l'idée de Dieu ; ils ont nié Dieu, ceux qui ont repoussé toute religion en théorie ou en pratique, puisque la religion n'est autre chose que la reconnaissance du pouvoir divin sur l'homme, et qu'ils ont nié ce pouvoir.

Ils ont nié Dieu, ceux qui ont loué ses ennemis, ceux qui ont élevé une statue à Voltaire le jour même de nos grandes catastrophes, à Voltaire, cet homme exécrable et sans cœur, qui le premier *souhaita de voir Paris la capitale du roi de Prusse*; Voltaire, l'odieux ami de ce Prussien odieux qui s'appelait lui-même Frédéric-Christ-moque ; Voltaire, le plus lâche, le plus corrompu, le plus cynique des hommes, et que tout Français devrait abhorrer au nom de la religion, de la morale et de la patrie.

Ils ont nié Dieu, ceux qui ont nié ses droits en basant le pouvoir uniquement sur le *suffrage universel*, ceux qui nous ont gouvernés sans Dieu, qui nous ont régis par des lois sans Dieu, qui nous ont imposé le contraire de la loi de Dieu ; — ils ont nié Dieu, ceux qui ont voulu la morale indépendante, c'est-à-dire le crime contre Dieu et contre les hommes, mis au rang des institutions sociales, le crime à l'état permanent et légal dans la famille, dans la société et dans le monde entier ; — ils ont nié Dieu, ceux qui ont fait donner à leurs enfants une éducation sans instruction divine ; — ils ont nié Dieu, tous ceux qui ont prétendu que ses commandements n'obligeaient pas les peuples comme les individus : tous, ils ont nié Dieu ; — ils l'ont nié du haut de leurs chaires, les savants qui expliquent le monde sans Dieu, qui expliquent l'homme, la création, sans l'intervention divine ; — les médecins qui enseignent le matérialisme. — Ils l'ont nié, les écrivains qui propagent toutes ces épouvantables doctrines, dans la feuille quotidienne, dans la brochure, dans l'histoire, dans tous leurs écrits. Ils s'étonnent ensuite qu'elles soient si périssables les institutions qu'ils enfantent, ces périssables dieux de la terre ; ils ne conçoivent pas que leurs *inébranlables* institutions soient emportées comme une paille sans poids, et ils désespèrent du salut d'un peuple qu'ils ont fait à leur image !

Ah ! ils ont voulu chasser Dieu, et voici que cette révolution qu'ils ont nourrie, caressée, fortifiée, flattée, est maintenant un formidable monstre qui les dévore, eux ses pères nourriciers, eux et la France, et l'Europe, et le monde entier !

§ II.

Encore l'athéisme. — Lois athées.

Tous les hommes qui font l'opinion en France, nous voulons dire l'*opinion du public français*, semblent s'être ligués pour détruire le règne de Dieu dans les âmes. La parole, l'exemple, l'écrit, dans les derniers temps surtout, nous criaient avec un redoublement de fureur que Dieu n'existait pas, et que, comme l'a dit le poète païen : *C'est la crainte qui a inventé Dieu.* Effectivement, c'est la crainte qui nous a ramenés à Dieu : mais son bras s'est montré d'une manière si visible, qu'on ne peut plus le nier. Il a livré les hommes à eux-mêmes ; sa loi a été remplacée par la loi humaine, et il n'est plus resté que le droit du plus fort.

C'est en vain que, depuis quatre-vingts ans, le ciel a averti, tonné et foudroyé ; en vain la trombe révolutionnaire a tout renversé sur son passage et a jonché les rues de trônes brisés, de sceptres rompus, de diadèmes cassés, de sabres pliés, de drapeaux déchirés, de cadavres sanglants, de ruines noircies par les flammes, de pavés arrachés ; en vain a-t-on vu la dépravation infecter toutes les classes sociales : on n'a pas voulu voir, on n'a pas voulu comprendre, on a continué de légiférer, on a continué de nier Dieu et de décorer ceux qui le niaient.

L'athéisme dans les lois, c'est le grand crime de la France. Qu'on ne redoute rien : nous ne voulons point plaider pour le retour de la *théocratie ;* nous voulons seulement établir que nous sommes tombés, parce que notre état social ne reposait pas sur une base divine. On ne dira pas non plus que nous demandons l'établissement d'une nouvelle inquisition pour le châtiment des impies ; mais si la *liberté* est plus ou moins une nécessité des temps, nous n'en prétendons pas moins que la France est tombée d'inanition, parce qu'elle n'était plus entretenue par l'idée du divin ; nous prétendons que la séparation de l'Eglise et de l'Etat, qu'on a tant demandée, a plus d'une analogie avec la séparation de l'âme et du corps, et que, comme le corps séparé de l'âme n'est plus qu'un cadavre bientôt fétide, de même la société sans religion est en voie d'une décomposition inévitable.

C'est là une impiété particulière à la France. On voit parfois l'Etat absorber l'Eglise, ou bien on les voit l'un et l'autre dans de justes rapports : chez nous, on veut la séparation. Et c'est une impiété, une grande impiété, parce que, s'il est impie de vouloir régenter Dieu et de prétendre réformer sa volonté et ses enseignements, il est encore impie d'abolir le règne social de Dieu ; — il est impie d'entraver et de repousser les doctrines sociales apportées au monde par Jésus-Christ.

La France a supprimé Dieu, quand elle reconnut l'égalité de toutes les religions devant la loi. N'est-ce pas le plus effronté des sacrilèges le dire : « Quatre ou cinq dieux différents se disputent le caractère divin ; je ne chercherai pas quel est le vrai Dieu ; mais nous allons tous les supporter et nous allons voter une somme de tant pour une mosquée à Mahomet, de tant pour une église à Jésus-Christ ? »

Et, qu'on le sache bien, ce grand mot de liberté ne remplace que celui de persécution et d'aversion contre la vérité. Ne l'avons-nous pas vu sous le dernier empire ? N'avons-nous pas vu notre gouvernement protéger les pèlerinages à la Mecque et entraver l'œuvre du catholicisme en Algérie ? Ne l'avons-nous pas vu souffrir patiemment l'internationale et favoriser la franc-maçonnerie qui viennent de brûler Paris, tandis qu'il travaillait à dissoudre l'association pour la célébration du dimanche, la société de saint Vincent de Paul ? Ne l'avons-nous pas vu soudoyer des journaux corrupteurs et supprimer les journaux religieux ?

Une autre conséquence de l'impiété, c'est la suppression du budget des cultes. Autrefois l'Eglise était riche et n'avait rien à réclamer de l'Etat ; quand celui-ci eut déclaré que les biens de celle-là lui appartenaient, il promit néanmoins une *subvention*. Elle est donc légitime, et parce qu'elle est une restitution, et parce qu'elle est une promesse. Mais n'importe, au nom de la liberté et pour le bien de la religion, on va obliger le prêtre à mendier, au lieu de lui laisser secourir les mendiants ; on va abaisser le prêtre au rang de quêteur importun et vil, et le peuple verra qu'il paye la parole de Dieu. Puis le salaire des prêtres sera employé à créer des cours publics pour les athées, et des théâtres où viendra s'étaler la plus immonde corruption, sous le nom de morale indépendante et de principes nouveaux.

L'Eglise sera libre dans l'Etat libre ; mais cela signifie que l'Eglise sera aux mains d'un maire ou d'un conseiller municipal ; qu'on ne pourra sortir deux à deux en procession dans les rues, comme font les *frères* et *amis ;* qu'un commissaire de police pourra, à son gré, interdire les réunions de fidèles, fermer les temples et régler les *prétentions* divines ; que l'éducation et l'instruction se donneront par des hommes sans foi, sans Dieu, sans morale, et qu'il ne sera pas permis à l'œil de la religion d'y jeter même le plus furtif regard ; elle qui pourtant ne peut régner que sur les âmes, pour y implanter l'idée de Dieu et les principes de morale. On tolérera l'Eglise si elle ne dit rien ; elle sera écrouée, si elle parle.

Le prêtre ne sera plus qu'une de ces mille manifestations de la folie humaine, comme sont les charlatans, les bohémiens et autres, qu'on n'incarcère point tant qu'ils se contentent de passer tranquilles; le prêtre devra porter, en outre, les armes jusqu'à cinquante ans, s'il n'a pas été reconnu incapable de servir l'Etat dès vingt ans ; car il ne doit plus y avoir de privilége pour lui ; il ne doit pas avoir le privilége d'enseigner Dieu à vos enfants, de les ramener au devoir quand ils s'en écartent et de les y retenir quand ils y sont; de consoler vos femmes et vos mères affligées de vos désordres ou de votre perte ; d'assister vos mourants dans l'infect galetas aussi bien que dans vos brillants palais. Voilà le privilége que vous lui enlevez !

Le pouvoir n'aura évidemment plus rien de divin ; et c'est alors, comme nous l'avons vu et comme nous le verrons encore, c'est le triomphe de l'émeute continuelle ; c'est le pavé, c'est la guillotine, c'est le pétrole qui font la loi. Le droit, dès lors, se trouve du côté de Raoul Rigault et de Bismark : vous ne sauriez repousser cette conséquence du droit athée.

Enfin, sous un prétexte quelconque, toute manifestation du culte sera bientôt interdite ; plus de repos dominical, plus d'assemblées religieuses, plus de processions publiques. L'homme restera l'homme tout pur : il sera lui-même et rien que lui-même. Mais je me trompe : le repos dominical sera remplacé par le repos du lundi ; le culte de Dieu sera remplacé par le culte du *grand architecte ;* les processions religieuses seront remplacées par des défilés interminables de francs-maçons, d'internationaux, de *pétroleurs ;* et les assemblées pour le culte divin seront remplacées par des clubs où un assassin, un scélérat quelconque instruira le peuple et parviendra à former 200,000 incendiaires à Paris seulement. Voilà où vous nous menez, législateurs qui chassez Dieu de vos sociétés. Prenez garde ! La sagesse antique vous l'avait dit : malheur *au peuple que les dieux abandonnent. Les dieux s'en vont, les dieux s'en vont,* criait le peuple quand il voyait fondre sur lui les plus épouvantables malheurs ! Encore une fois, prenez garde, et ne continuez pas à chasser Dieu de vos conseils, de votre gouvernement, parce que c'est un signe de mort. Dieu punit cette *ingratitude,* car c'est l'Eglise de Dieu qui a fait l'Europe. Elle l'a prise sur le sol, à moitié sauvage, à moitié mourante, sans notion, sans civilisation, sans mœurs ; elle l'a prise entre ses bras, lui a enseigné la religion, les mœurs, les arts, les sciences avec un maternel amour qui ne s'est pas démenti, et en a fait tout ce qu'il y a de grand en ce monde. N'expulsez pas Dieu de votre famille, ni de votre gouvernement, ni de votre société, parce que vous rétrograderiez vers la barbarie !

Et vous qui refusiez de croire jusqu'ici à la vérité de cette conséquence, vous ne pouvez plus la nier en ce moment, en face de ce qui s'est passé dans notre capitale et de ce qui nous menace encore dans le monde entier.

Croyez-le bien, le jour où Dieu sera chassé de la France, la France cessera d'exister.

Mais les lois athées ne sont qu'une face de notre crime national ; l'autre face, c'est l'enseignement athée, l'enseignement dans la chaire, dans les livres et partout.

———

§ III.

Enseignement athée.

« Dieu fut inventé par la superstition, par la peur, ou par un instinct de divinité que l'homme, dieu lui-même, retrouve au fond de ce qu'on appelle sa conscience.

« Jésus-Christ fut un imposteur, un sage, un scélérat, un grand homme, un fourbe ; ou bien il n'est qu'un mythe, un personnage imaginaire, qu'une tradition vague, indécise d'abord, qui ensuite s'est raffermie et complétée, et a enfin pris un corps aux yeux de l'imagination populaire.

« L'Évangile et la Bible ne sont que des fables à peine authentiques, mille fois changées, mille fois interprétées à contre-sens par des hommes intéressés à tromper les peuples.

« L'homme n'a nullement cette âme, ce rayon de la divinité dont on avait voulu le doter jusqu'ici ; le soleil engendra la lumière qui engendra le zoophite, qui engendra le poisson, qui engendra la grenouille, qui engendra le singe, qui engendra l'homme, qui engendra... Dieu !

« Ainsi les hommes ne sont plus que des produits similaires, issus de transformations minéralogiques, zoologiques ; la pensée, la vertu ne sont plus qu'un produit chimique comme *le sucre et le vitriol;* la morale est une lubie, le pouvoir une tyrannie, la raison une pile voltaïque, etc., etc. »

Voilà ce qu'en France on enseigne dans la faculté et dans l'estaminet, à l'institut et au café, dans l'in-folio et dans le feuilleton, chez les savants, les avocats, les médecins, aussi bien que chez le commis de chemin de fer, à l'académie et dans l'atelier, en un mot dans toutes les classes sociales, comprises entre M. Duruy, ministre de l'Instruction publique, et Etienne le porte-faix.

Et ici, puisque l'histoire *ne tait pas la vérité,* qu'il nous soit permis de dire un mot de cette funeste école qui nous a légué le plus grand nombre de ces demi-savants, de ces demi-littérateurs, de ces demi-avocats, de cette *médiocratie* qui nous abaisse à son niveau (M. Jules Simon vient de l'avouer) ; qu'il nous soit permis de dire un mot de l'Université. L'Université est un de nos fléaux ; nous ne craignons pas de l'affirmer encore après toutes les voix autorisées qui l'ont déjà tant répété.

L'Université fut créée pour pétrir la France à l'image d'un autocrate sans foi, et qui faisait de la religion un instrument politique et pas autre chose.

S'inspirant de l'athéisme impérial, elle l'enseigna à la France entière, et il ne fut pas permis à la France de ne pas subir cet enseignement. Ses historiens, ses philosophes, ses physiciens, ses grands hommes ne furent jamais chrétiens, et leurs enseignements, comme leurs ouvrages, furent toujours impies. Et non-seulement l'anti-christianisme se montrait dans leurs ouvrages et leurs doctrines; mais l'exemple des maîtres dans les colléges était et se trouve être encore un exemple continuel d'irréligion. Fils de Voltaire, affiliés aux sociétés secrètes, hommes de métier, ils ne peuvent faire de la jeunesse que des voltairiens, des francs-maçons et des athées. Et nous savons maintenant ce que sont ces hommes. — Et par-là même, il était impossible que la science fût grande et solide chez les maîtres aussi bien que chez les disciples, parce que le but déterminé *à priori* étant de déchristianiser la France, et le christianisme se basant, quoi qu'on en dise, sur la vérité, il fallait pour cela employer cette fausse philosophie, cette fausse histoire, ces fausses sciences que Cousin, Havet, Vacherot et Renan importèrent d'Allemagne chez nous, en traduisant Kant, Schelling, Fichte, Strauss, Hegel et autres Allemands. Aussi a-t-on vu, durant la dernière guerre, quels héros, quels savants, quels chrétiens avait su former l'Université. Ce sont des faits que nous racontons et que chacun voit tous les jours ; et les résultats nous démontrent ce qu'ont valu les causes.

L'Université, qui chaque année s'empare de la jeunesse française pour lui inculquer ses principes, a été l'une de nos grandes écoles d'athéisme, de perversité et d'abaissement. Nous pouvons, en grande partie, la rendre responsable de nos plus grandes chutes, en attendant le jour où elle finira son règne tyrannique et où l'histoire portera sur elle un jugement définitif.

§ IV.

Conséquences morales de l'athéisme. — Première conséquence.

On peut résumer les chutes morales de la France mauvaise, sous trois titres : abaissement de la brute qui se roule dans la fange ; abaissement de l'homme qui n'ambitionne que le matériel ; abaissement de l'ange qui veut s'élever au-dessus de lui-même.

Nous savons bien que tous ces abaissements ont leur cause dans la corruption individuelle ; mais ici encore nous ne considérons que les abaissements sociaux qui réclamaient une répression publique et exemplaire.

En parlant de notre abaissement par l'orgueil, nous nous garderons bien d'oublier que notre orgueil, en face de l'orgueil gigantesque de nos ennemis, n'est qu'une puérile vanité ; et que si le nôtre a été châtié par la Prusse, la Prusse à son tour est loin d'en avoir fini avec toutes les humiliations. Mais enfin notre orgueil est l'un de nos crimes, et nous devons le compter parmi les autres, afin de connaître toutes nos plaies.

Eh bien ! en France, combien de savants n'ont pas dit : « C'est moi qui suis la science, qui suis savant par moi-même ? » — Combien de riches n'ont pas dit : « Je suis riche par moi-même, *je ne dois rien à personne ?* » — Combien d'avocats n'ont pas dit : « C'est moi qui fais et interprète les lois ; et je ne m'abaisserai point à leur faire subir le contrôle du droit divin ? » — Combien de diplomates ont cru que les commandements de Dieu réglaient aussi les relations diplomatiques ? — Combien de commerçants ont remercié Dieu de leur fortune ? — Combien de Français n'ont pas répété, dans le sens odieux du mot : impossible nous est inconnu, même sans Dieu ? — Combien de médecins n'ont pas ri de Récamier disant son chapelet ? — Combien l'ont imité ?

Et certes, à plus d'un titre, nous pouvions être fiers de notre France. Nulle nation n'a une plus glorieuse histoire; nulle ne remporta plus de victoires et de plus illustres victoires; nulle ne remplit dans ce monde une plus belle mission, ne soutint plus ardemment toutes les nobles causes; nulle ne fit plus pour la vérité, pour la civilisation, pour les arts, les sciences, et, en un mot, pour toutes les grandes choses; mais, hélas! nous nous sommes regardés comme les ouvriers uniques de nos grandeurs, et nous n'avons pas voulu voir la main libérale qui nous les avait octroyées.

Notre prospérité, notre gloire, notre sol, nos armées, nos flottes, notre richesse, nos monuments, notre unité nationale : tout cela était à nous, était de nous, et personne ne songeait à l'auteur de tous ces biens; on a oublié Dieu; on a tourné tous ces dons contre lui; nos richesses n'ont servi qu'à nous corrompre et à nous plonger dans les délices d'un luxe énervant; nos victoires n'ont servi qu'à nous faire oublier que nous n'étions pas invincibles; nous nous sommes contentés d'attirer les regards de l'Europe entière, sans songer qu'un brigand quelconque pouvait nous surprendre sur ce théâtre, et nous y tuer avant que nous eussions le temps de saisir nos armes.

L'orgueil est une espèce de folie qui mène inévitablement à l'extravagance, à l'imprudence, aux aberrations, aux aveuglements et à la mort. Dans le domaine matériel comme dans l'ordre moral et spirituel, il est deux fois vrai de dire que *l'orgueil est la mère de tous les vices*. N'est-ce pas ce vice, comme on l'a dit, qui, au commencement de cette guerre, nous a fermé les yeux, nous a fait croire que nous allions à une promenade militaire, et nous faisait penser aux chants des *Te Deum* avant que nous eussions tiré un coup de canon? Voilà la première conséquence de notre oubli de Dieu.

§ V.

Seconde conséquence de l'oubli de Dieu.

La seconde conséquence a été l'amour effréné de l'or. Nous avons adoré le veau d'or, selon toute la force du terme; et, une fois insurgés contre Dieu, nous devions nécessairement en venir là. Comme pour les athées, il n'y a de vraies joies que les joies immondes des sens; il s'ensuit que les sens nous jettent à la poursuite de ce qui peut uniquement nous permettre de les satisfaire. On n'adore plus Dieu, on n'estime plus la vraie gloire, ni les richesses de l'intelligence : on n'adore plus que l'or et l'argent. Le temple, c'est la Bourse; l'autel, c'est un coffre-fort devant lequel on se prosterne, dans lequel sont enfermées toutes nos ambitions, tous nos désirs, toutes nos plus sublimes aspirations. Devant cette arche d'alliance, l'homme se matérialise, s'animalise, s'identifie avec le métal; il est devenu métal par l'âme et par son être tout entier.

On ne saurait dire que cette adoration de l'or n'est que le vice de quelques-uns; il est une épidémie. Et si tous ne peuvent satisfaire leur ambition, c'est que d'autres passions détruisent l'œuvre de celle-là, c'est que l'habileté des uns triomphe des efforts des autres; mais c'est un mal qu'on peut dire général en notre siècle. Et que s'en est-il suivi? Il s'en est suivi que le monde s'est partagé en deux classes : les possesseurs et les misérables ; car il est impossible que tant d'avarices soient jamais satisfaites, puisque l'univers entier n'en satisferait pas une seule, et ainsi la misère et l'opulence sont en proportion directe. On a vu, par suite, un spectacle formidable. Le travail n'a plus été général, naturel, modéré, réglé par certaines lois morales, religieuses et civiles ; il y a l'absolue paresse et le travail forcené. Il y a le camp de la fainéantise, composé de ces milliers innombrables d'inoccupés qui menacent la France et le monde, qui font les grèves, excitent les révoltes, composent l'Internationale, assassinent, tuent, pillent, incendient, commettent des atrocités dont l'imagination la plus féconde n'aurait jamais trouvé l'idéal. Et il y a le camp des riches, de ces hommes durs, sans cœur, qui ne se regardent point comme les *administrateurs des biens de Dieu*, se plongent dans le luxe le plus fastueux, le plus éhonté ; de ces hommes qui regardent leurs semblables comme des machines et les traitent comme telles, qui les abrutissent et finissent par subir les attaques de la férocité dont ils sont eux-mêmes les premiers créateurs, et dont ils seront tôt ou tard les premières victimes si l'on ne revient au christianisme. Car, sachez-le, quand on a abandonné les principes chrétiens, une collision est inévitable. Chez les opulents, intéressés au triomphe de l'ordre, il n'y aura ni assez de *philanthropie* pour se faire pardonner leur opulence, ni assez d'union et de force pour la sauver. Et chez les pauvres, il y aura trop de souffrances pour qu'il n'y ait pas exaspération, trop d'ignorance pour qu'on ne cherche pas des remèdes pires que le mal ; il y aura trop d'ambitieux scélérats pour qu'on n'exploite pas la faiblesse et la division des riches, l'irréligion et la colère des indigents.

Le monde est devenu comme un jeu où les habiles et les trompeurs volent les simples et les faibles. Aussi voit-on les misérables mourir de faim dans la cave et le galetas de ces mêmes palais où le luxe se plonge dans les plus épouvantables orgies. A côté d'un Sardanapale, on voit mille faméliques qui se meurent d'inanition. Et vous voudriez, ô Sardanapale, que ce peuple ne convoitât pas votre or ; vous le voudriez, vous, hommes qui n'avez plus la charité du Christ pour donner, tandis que le pauvre, corrompu dans vos usines et vos ateliers, n'a plus la foi de ce même Christ pour supporter son infortune ?

Vous lui avez appris à ne jouir qu'en ce monde ; vous lui avez fait croire que Dieu était une fable ; et, comme vous, il tire les conséquences de vos doctrines, et veut jouir et jouir encore. Ne soyez donc plus surpris de le trouver plus irrité, plus avide, plus intraitable qu'il ne fut jamais. C'est vous qui l'avez excité ; c'est vous qui lui avez donné les enseignements d'après lesquels il veut partager vos biens !

§ VI.

Troisième conséquence de l'oubli de Dieu.

Mais le dernier et le plus effrayant résultat de l'athéisme, le but funeste de cet amour de l'or, c'est la jouissance dans la matière ; c'est la satisfaction des appétits sensuels qui sont maintenant sans frein, puisque vous avez rendus impuissants les conseils et les préceptes religieux.

Nous trouvons l'anarchie au fond de notre être dès le premier moment de notre existence. Homère, Sophocle, Ovide, l'antiquité tout entière a cherché l'origine de cette lutte intérieure entre l'âme faite pour goûter le vrai, le bien et le beau immatériels, et notre chair qui sans cesse entraîne l'homme vers la matière et la boue ; ils ont cherché la source de ce désordre immense, et ils ne l'ont pas trouvée ; et le monde ancien s'était englouti dans un abîme de corruptions et d'infamies sans nom. Le christianisme seul avait trouvé le remède ; seul il avait pu implanter des idées de mortification dans le cœur des hommes ; seul il avait enfanté les légions de vierges, de martyrs et de saints dans tous les rangs de la société; seul il était parvenu à créer une morale.

Mais quand on a repoussé une fois la vraie religion, que reste-t-il, sinon la *morale indépendante* ? Oui, la morale indépendante, grand Dieu ! la *morale indépendante*, qui justifie tous les crimes, quel que soit leur nom, leur caractère.

Hommes de morale *indépendante*, parlez ! Est-il bien vrai que pour vous le vol, l'assassinat, le pillage, le meurtre, l'incendie ne sont pas des choses saintes quand il plaira de les accomplir à votre *indépendante conscience ?*...

Ici, nous aimons à le croire, il est impossible à tout homme qui n'a pas perdu la dernière étincelle de l'honnêteté de ne pas frémir d'horreur et de ne pas se soulever d'indignation pour une atroce doctrine aujourd'hui si fertile en atrocités. Cela nous dispense de plus longs commentaires. Cherchons seulement les causes qui ont répandu la *doctrine* de la morale indépendante, et comment la France ici a tant à se reprocher.

En premier lieu, nous nommerons la criminelle facilité du pouvoir pour toutes les doctrines corruptrices qui nous inondaient, qui pénétraient jusqu'au cœur de la France, par ses yeux, par ses oreilles, par tous ses organes. Pour fasciner le peuple on l'a amusé ; on lui a donné du *pain et des jeux*. On attira dans les villes des multitudes d'ouvriers pour détruire et bâtir des palais. On voulait les occuper et empêcher la révolte ; mais non-seulement, on ne fit qu'exciter leur envie et leur haine, que développer en eux le goût du plaisir et que leur faire prendre la résolution de renverser, au jour de la *revanche*, ces monuments du faste et de l'opulence ; mais encore on leur apprit à eux-mêmes la corruption la plus raffinée. On rompit toutes les digues qu'ordinairement on oppose à l'immoralité, lorsqu'on ne veut pas régner sur une société fangeuse. Pour gouverner en paix, on voulut gouverner un peuple mort et gangrené. Voilà pourquoi on eut toujours la liberté de *corrompre* et *d'être corrompu*, tandis que la liberté de purifier, d'élever, de conserver, fut sans cesse enchaînée, traquée, assassinée. Voilà pourquoi on laissa le drame, le pinceau, le ciseau, la plume reproduire, peindre, vanter, étaler toutes les turpitudes qui devaient abâtardir notre infortunée patrie, jusqu'à ce que le trône qu'on avait voulu asseoir au milieu de la fange, eût chancelé et se fût enfoncé dans cette fange. Le dernier quart de siècle que nous venons de traverser sera illustre dans l'histoire de toutes les luxures et de toutes les violations des lois morales.

La France n'est pas seule coupable, mais elle est plus coupable que le reste du monde. Nulle part ailleurs autant que chez nous on n'a répandu à flots les immondices romanesques ; nulle part ailleurs il ne s'est autant vendu, il ne s'est autant payé de cette littérature corruptrice qui abaisse toujours sans jamais élever, qui corrompt toujours sans jamais rien guérir. On ne prenait plus la peine de dorer la coupe où l'on nous servait le fétide ; mais on nous le servait pour lui-même, parce que nous aimions le fétide pour le fétide ; on nous l'a présenté cru, hideux, sans ornement, sans assaisonnement, et nous en avons tous bu à plaisir dans les villes et dans les hameaux, dans les boudoirs dorés et sous le toit enfumé de la chaumière. Le roman était devenu la lecture quotidienne de la moitié des Français, le roman qui fait l'apologie, la louange de toutes les immoralités. Le feuilleton bourbeux venait chaque jour ajouter une souillure nouvelle aux souillures qui avaient précédé. L'anecdote scandaleuse était enlaidie et ornée de tout ce qu'une imagination fertile pour le criminel pouvait ajouter à la réalité ; et ensuite on l'affichait, on en multipliait les récits. Pendant de longues semaines, elle faisait l'objet principal des conversations et nous habituait au spectacle de l'ignoble. En un mot, cette France gâtée dont nous parlons ne respirait que le scandale, ne vivait plus que de scandales.

Et ne perdons jamais de vue que la France, pour le mal comme pour le bien, exerce un apostolat dans le monde. On ne peut le nier, soit pour nier la dictature française en Europe, soit pour nier sa culpabilité ; et cette circonstance aggrave son crime de beaucoup. Citons le R. P. Caussette.

« Lamennais parle quelque part de certains crimes qu'il faut stigmatiser sans les nommer, semblables à ces grands coupables que l'on conduit au supplice, la tête couverte d'un voile noir. Notre époque a produit bon nombre de ces monstres. Faisons-les passer sous les yeux du lecteur avec le voile noir sur la tête, mais sans leur faire grâce du carcan.

« Il est dans la loi chrétienne un commandement sans lequel nous redescendrions aux maux putrides de Corinthe et de la Turquie, la France actuelle l'a presque abrogé dans ses habitudes, en attendant qu'elle puisse le faire disparaître même de la petite place qu'il occupe dans son code civil. La liberté de l'adultère est dans les mœurs du présent, celle du divorce est dans les aspirations de l'avenir. Le mariage, qui commence chez nous comme une société de commerce, finit comme une société de plaisirs sans but.

« Comme si les guerres et les épidémies ne rétablissaient pas trop bien la moyenne au chiffre des populations nombreuses, chacun la réglemente au gré de ses égoïsmes et de ses convoitises. Pendant que l'homme épuise la fécondité de la terre, il limite la sienne, afin d'avoir beaucoup à dévorer et peu à donner. De cette sorte, la paternité est le couvert d'une immoralité raffinée, une sorte d'irresponsabilité dans le libertinage ; et notre époque est affligée de deux monstruosités corrélatives, la seconde servant de châtiment à la première : des parents qui s'affligent de la naissance de leurs enfants, et des enfants qui se réjouissent de la mort de leurs parents...

« Il est un plus grand désordre que les profanations des unions permises : c'est la réhabilitation presque systématique des unions défendues. Or, les faux ménages sont devenus, dans certaines classes de notre société, un luxe de bon goût. Tout Français d'un rang élevé qui n'a pas donné le scandale de quelque cohabitation illicite, et qui n'a pas fait de dettes pour entretenir des femmes et des chevaux qui ne lui appartenaient pas, est un homme qui n'a pas vécu.

« Paris surtout était devenu l'exposition permanente de nos difformités morales. C'était la capitale de la débauche autant que celle de la civilisation européenne, la *Cloaca maxima* du monde actuel. Ni la Rome des Césars ni la Babylone des Assyriens ne portèrent aussi loin la domination de leurs funestes exemples. Aussi, quoique je sois révolté d'entendre le puritanisme jaloux des nations septentrionales reprocher à notre première cité une corruption que souvent elles lui portèrent, il y a pour moi une chose plus triste que ces injures : c'est de penser qu'elles ne sont pas dénuées de raison.

... « Qui ne se rappelle avec mélancolie la féerie à la fois splendide et dangereuse à voir qui fut le Paris du dernier règne? Ce Paris était la curiosité malsaine des cinq parties du monde, la terreur des mères et des épouses, jalouses de la pureté de leurs foyers. Son boulevard était une foire aux scandales, ses rues un piége à toutes ses faiblesses, son enceinte un vaste établissement de plaisirs sensuels, sa vie un perpétuel balancement entre le tourbillon et l'orgie. Rendez-vous galant de l'univers, on y entrait avec éblouissement, on en sortait avec dégoût. Là, les premières célébrités étaient des femmes qu'un paysan honorable eût renié pour sœurs, et dont les princes de l'Europe venaient mendier en passant l'impure intimité. Là, les véritables reines étaient parfois insultées comme des courtisanes, tandis que celles-ci étaient fêtées comme des reines. Là enfin, on éleva la prostitution aux honneurs d'une institution aristocratique, patronnée par la popularité de toutes les réclames et par la faveur de tous les puissants du jour. Et dans ce Paris, la maison de tolérance semble avoir passé même au théâtre ; car l'art n'y est qu'un prétexte à la licence ; les Magdeleines sans repentir en peuplent les pièces, l'impudeur en occupe la scène, l'ignoble en remplit les coulisses. La même enseigne ne conviendrait-elle pas encore à ces innombrables lieux de divertissements, cafés-concert, casinos, spectacles chorégraphiques, spectacle immonde où la France se produit en bacchante ivre et folle aux yeux malveillants de l'étranger, qui se retire en nous méprisant. Enfin la même flétrissure ne s'attache-t-elle pas à tant de maisons douteuses, restaurants à deux fins, locations complaisantes, domiciles mélangés qui annoncent l'invasion de la débauche jusque sous les toits habités par la vertu, et qui font de Paris le caravansérail et le déversoir du sensualisme cosmopolite ? »

Voilà où nous en étions arrivés.

Maintenant, écoutez le châtiment qui attend toute cité prévaricatrice et sensuelle. C'est le prophète qui parle.

« *Le souverain Maître, le Dieu des armées, a retiré à la cité coupable le courage et la vigueur, toute la force du pain et toute la force de l'eau, les gens de cœur et les hommes de guerre, les juges et les prophètes, les sages et les vieillards, les hommes qui ont l'intelligence ; il a donné des enfants pour chefs et les efféminés la gouvernent.* Et le peuple se jette contre le peuple, l'homme contre l'homme, le parent contre son parent, l'enfant contre le vieillard et la lie

DU PEUPLE CONTRE LA NOBLESSE. *Les paroles et les œuvres des coupables habitants se sont élevées contre le Seigneur pour irriter les yeux de sa majesté. L'impudence de leur visage rend témoignage contre eux : ils ont publié hautement leur péché comme Sodome.* MALHEUR A EUX, CAR DIEU LEUR A RENDU LE MAL QU'ILS ONT FAIT.

« Parce que les filles de la cité s'élèvent avec orgueil, parce qu'elles marchent la tête haute, avec l'impudence dans le regard et dans le geste, en se balançant et en composant leurs mouvements, Jéhovah rendra leur tête chauve ; il leur ôtera leurs riches chaussures, et leurs croissants d'or et leurs réseaux, et leurs bracelets, et leurs bagues et leurs pierreries qui leur pendent sur le front, et leurs robes magnifiques, et leurs écharpes, et leurs voiles, et leurs sachets brodés, et leurs gazes transparentes, et leurs bandeaux et leurs mantilles. Tes plus beaux hommes, ô cité ! tomberont sous le glaive, et tes plus braves périront dans le combat, et tes portes seront dans le deuil, et tu seras assise sur la terre toute désolée... »

Oui, la grande ville a été châtiée par l'ennemi d'abord, et ensuite par les siens ; car, si parmi les dévastateurs il s'en trouve qu'elle n'a point portés dans ses entrailles, elle les a du moins tous élevés et corrompus. Il a été châtié par la permission de Dieu, ce Paris officiel qui, sous ses habits dorés, brodés, resplendissants, cachait un cadavre en putréfaction ; ce Paris immonde et déguenillé, qui se plongeait dans l'orgie comme le poisson dans l'eau, et qui a épouvanté l'univers quand il est sorti de sa cave ou descendu de son galetas. Il a été surpris, ce Paris, dans son nocturne et infernal galop ; il a été surpris applaudissant ses actrices impures, admirant ses fétides artistes, lisant ses ignobles romans ; il a été surpris se roulant dans la boue ; et, s'il n'eût eu que son bras pour se défendre, dès le premier jour, l'ennemi en aurait eu raison sans coup férir.

Et lorsque ce Paris fut abandonné à lui-même, l'honnête Paris (car il y a l'honnête Paris, qui se compose d'un clergé d'élite, d'âmes vertueuses et chrétiennes en nombre immense et qui accomplissent des prodiges de vertu) dut se cacher et demeura impuissant. Notre première cité s'est suicidée, s'infligeant la honte du drapeau rouge et du drapeau franc-maçon ; la honte de n'avoir pu s'arracher elle-même aux mains des monstres qu'elle avait nourris, et d'avoir inondé ses rues du sang de ses sauveurs ; elle est tombée avec la honte d'avoir pillé les églises, renversé les palais, tué les prêtres, en un mot, avec toutes les hontes qui peuvent déshonorer une Babylone.

Nous venons de jeter un coup d'œil rapide dans l'abîme où nous a précipités l'athéisme : abîme d'orgueil, d'avarice, de luxure, d'infamies.

Il resterait beaucoup à dire sur ce sujet ; il nous resterait à montrer comment cette immoralité est la mère des scélérats qui peuplent nos villes, tous hommes sans famille, sans foyer ; comment elle a fait dégénérer la race française, et ne nous donne plus que des Français rachitiques, faibles et sans vie, surtout dans nos capitales ; comment elle a étouffé le génie de la France et éteint en elle le souffle qui inspire les grands hommes. Mais c'est assez : l'acte d'accusation est plus que suffisant, s'il n'est pas complet.

§ VII.

Conclusion de ce qui précède : Dieu nous châtie parce qu'il nous aime encore.

Maintenant, hâtons-nous de le répéter, il y a deux Frances : la France athée et la France chrétienne. La France athée est condamnée à mort. Peut-être avant de succomber tentera-t-elle encore plus d'un assassinat contre la France chrétienne ; mais elle succombera, soyons-en certains ; elle succombera sous les efforts des honnêtes gens réunis et conduits par une main sûre et vertueuse. L'autre France, celle qui a sauvé notre honneur, qui a combattu sur nos champs de bataille, qui aspire à se régénérer par les bons principes, celle-là, elle triomphera. Elle est châtiée pour son indifférence et sa solidarité ; mais elle ne périra pas. Une des plus grandes preuves qu'il soit possible d'en donner, c'est précisément le soin que la Providence a pris de porter le fer et le feu dans chacune de nos plaies. Nous, la vraie France, nous ne sommes point frappés pour être tués, mais pour être désillusionnés et convaincus de l'étendue de notre mal. Examinez l'à-propos du remède, et vous serez étonnés en voyant quelle bonté Dieu mêle à sa justice, quels soins paternels prend sa providence pour nous ouvrir les yeux ; vous verrez comment Dieu peut châtier ceux qu'il aime.

Nous, philosophes, nous avions nié Dieu, et notre athéisme emprunté à l'Allemagne avait pénétré une partie de la nation française, et voici que l'Allemagne elle-même vient nous punir de l'avoir écoutée, nous punir d'avoir adopté ses principes et leurs conséquences, et nous dégoûter à jamais de la philosophie allemande et de son athéisme. — Nous, savants, au nom de l'Allemagne, nous avions voulu prouver que les sciences sont contraires aux enseignements divins, et Dieu vient nous prouver clair comme le jour, et bientôt il prouvera à l'Allemagne, que ses enseignements divins sont les seuls vrais, les seuls conservateurs, les seuls salutaires. — Nous soldats, nous avions cru que la victoire était enchaînée au nom français et qu'elle n'était pas un don de Dieu ; notre orgueil nous faisait oublier que le grand général en chef dans les guerres, c'est le Dieu des armées, et Dieu nous a montré que, si son bras se retire, les armées disparaissent comme une fumée, au lieu de sortir du sol au signal d'un Pompée quelconque. — Nous, révolutionnaires, nous pervertissions par nos doctrines, non-seulement la France, mais encore l'Europe entière ; et l'Europe est à jamais dégoûtée de nos principes en voyant ce qu'ils ont fait de la France, et les Français cesseront de vanter leurs glorieuses conquêtes de 89. — Nous, France officielle, nous avons livré le Souverain-Pontife, nous l'avons trahi, et Dieu fit commencer nos désastres au jour même où nous abandonnions le Saint-Père ; il fit commencer nos malheurs au jour même où la France abandonna sa mission. — Nous, législateurs, qui faisions des lois en dehors de la loi divine, et qui avions pensé que les commandements de Dieu ne **doivent point** entrer dans nos codes, nous avons contribué à jeter la France dans l'athéisme et la corruption où elle a failli étouffer : nous le voyons et c'est notre châtiment. — Nous, républicains ou partisans quelconques du suffrage universel en contradiction avec la souveraineté divine, nous avons voulu pour la France, nous le voyons, cette série de bouleversements, ce scepticisme politique qui nous a valu tant de lâchetés, sinon tant de trahisons.—Nous, Français frivoles, disciples de la morale indépendante, nous comprenons maintenant que le salut ne se trouve que dans la morale chrétienne, et qu'il nous faut y revenir sous peine de mort. — Nous, adorateurs du veau d'or et contempteurs des foudres et des lois du Sinaï, nous nous voyons sur le point de tomber entre les mains d'une foule que nous avons faite effrénée et insatiable, et nous comprenons qu'il faut lui remettre le frein religieux, sans quoi elle va entraîner la France dans un abîme inévitable. — Nous tous, hommes vaniteux, qui avons voulu demeurer Français sans rester les fils de l'Eglise, nous sommes convaincus maintenant de notre erreur, et du devoir pour nous de revenir en arrière sous peine de trébucher et de périr.

Sans doute, tous les Français ne le voient pas encore; mais il suffit que la France le voie, et qu'à un crime national il soit opposé une réparation nationale. — Qui ne serait saisi de reconnaissance envers Dieu qui nous a si bien montré où nous marchions? Si maintenant nous voulons continuer, nous serons *inexcusables*, et nous ne pourrons nous en prendre qu'à nous-mêmes de notre ruine. Notre avenir est entre nos mains : saurons-nous le préparer glorieux et heureux ?...

Tous les nobles cœurs, tous les grands esprits, tous les Français éclairés ont une invincible foi en notre résurrection. Il faut pour cela que la France rentre dans la voie que lui a tracée la Providence, et alors elle sera de nouveau à la tête du monde et de la civilisation.

Le soleil de la France sera plus brillant après la tempête qu'auparavant, parce que son ciel aura été purifié de cette atmosphère sombre et putride qui lui a été si funeste.

Laissons dire à des voix plus autorisées les motifs de l'espérance qui nous console en ces temps affreux, et que nous avons légitimée plus haut.

« Les peuples aussi ressuscitent quand ils ont été baignés dans la grâce du Christ ; et quand, malgré leurs vices et leurs crimes, ils n'ont pas abjuré la foi, *l'épée d'un barbare ou la plume d'un ambitieux ne peuvent pas les assassiner pour toujours.* On change leur nom, mais non pas leur sang. Quand l'expiation touche à son terme, ce sang se réveille et revient par la pente naturelle se mêler au courant de la vieille vie nationale. »

Ces fières paroles, que le R. P. Monsabré prononçait naguère à Metz même, aux applaudissements de toute une héroïque population devenue allemande de nom, mais restée française par le cœur, ces paroles expriment la conviction de tout ce qui est noble et généreux, non pas seulement au sein de notre patrie, mais encore à l'étranger, en Italie, en Autriche, en Angleterre, en Suisse.

« Non! s'écrie l'illustre évêque d'Orléans, Dieu ne nous a pas traité de la sorte pour nous abandonner, si nous ne nous abandonnons pas nous-mêmes !

« Si la France sortait de ses épreuves éclairée, illuminée, plus chrétienne, comprenant mieux ses devoirs, sa mission dans le monde, mission qu'elle ne pourrait déserter sans mourir ; si grandes que lui aient été ses souffrances, elles lui auraient été bonnes ; notre patrie aurait encore une fois trouvé son salut dans le crucifiement.

« C'est précisément parce que nous avons souffert, parce que notre sang et nos larmes ont coulé, parce que nous sommes en ce moment blessés, meurtris, crucifiés par la main de l'étranger et nos propres discordes, que je prie, espère et veux espérer. »

« Il est évident, écrit un autre évêque, Mgr Mabille, il est évident par tout ce qui se passe, que nos désordres et nos crimes ont fatigué la justice de Dieu et amené sur nos têtes une longue série de châtiments. Mais il y a des signes de résurrection, ajoute-t-il. Les nobles paroles du manifeste de Henri de Bourbon, l'acte de foi par lequel l'Assemblée nationale demande des prières publiques, l'adresse des journaux de province dans le but d'obtenir le concours des représentants pour *refaire une société vraiment chrétienne et française, d'où Dieu, source et sanction de tous les devoirs, ne soit pas absent*; puis l'héroïque courage de l'armée devant une émeute dont la proportion et les suites glacent le sang dans les veines : voilà des faits qui ont une signification profonde et qui doivent nécessairement frapper les esprits observateurs. Nous y découvrons un premier rayon d'espérance qui nous console et nous fortifie au milieu de nos malheurs épouvantables... La cause du mal est dans les systèmes qu'on a fabriqués avec les idées de l'enfer, et qu'on préconise en haine de Dieu et du christianisme. Il y a des lois qu'on ne viole pas en vain. La France ne redeviendra gouvernable et heureuse qu'autant que nos hommes d'Etat reviendront eux-mêmes aux principes, qui sont par rapport à la société ce que la racine est à l'arbre, ce que le fondement est à l'édifice. »

CHAPITRE III.

RÉFORMES A OPÉRER.

§ Ier.

Réforme religieuse.

On le voit par les nobles paroles que nous citions tout à l'heure : « il nous faut des réformes. » Nous sommes dans un tombeau ; il nous faut chercher ce principe de vie divine qui doit soulever l'énorme pierre.

Il peut se faire qu'on ne soit pas d'accord sur le mode des réformes ; cependant, pour les honnêtes gens, elles se résument en celles-ci : *réforme religieuse, réforme sociale.*

La réforme religieuse se fera par notre retour sincère au catholicisme.

Le plus grand des protestants français dans notre siècle l'a dit :
« La France doit être catholique. »

Rien n'est plus vrai, et cet aveu honore grandement son auteur,
auquel du reste le catholicisme doit tant d'autres aveux remarquables.

Nous disons : La France doit être catholique et ne peut vivre en
dehors du catholicisme.

Pour le philosophe chrétien, nous apporterons cette raison que
tous les peuples ont leur mission et qu'ils ne la violent jamais impunément. Il existe une Providence, et à ses ordres tout marche dans
cet univers, et à plus forte raison les peuples. Ne nous adressant
point aux athées, nous ne prouverons pas ces deux vérités qui, du
reste, se prouvent d'elles-mêmes à toute saine intelligence.

Mais quelle est la vocation de la France? Sa vocation, c'est de
rester fidèle à son titre de *fille aînée de l'Eglise*. Elle naquit un jour
sur un champ de bataille, d'un acte de foi catholique. Les Allemands
d'alors, préludant à la barbarie de leurs petits-fils, avaient, à la suite
des autres Barbares, mis le pied sur le sol conquis par Clovis. Clovis
vole à leur rencontre ; mais déjà son armée fléchit ; elle va céder.
Alors il se rappelle que Clothilde, son épouse, lui a parlé du Dieu
des armées et de son Fils, notre Sauveur : « O Jésus-Christ !
s'écrie-t-il, que Clothilde dit être le Fils du Dieu vivant, qui
passes pour donner du secours à ceux qui sont en péril, pour assurer la victoire à ceux qui espèrent en toi, si tu m'accordes la victoire,
je croirai en toi, et je serai baptisé en ton nom ! » Cette prière fut
plus forte que le génie de Clovis, plus redoutable que l'éclair de sa
framée. Les Allemands sont arrêtés, leur roi tué, leurs rangs brisés ;
ils tombent moissonnés par le glaive des Francs, et Clovis dut arrêter
le carnage pour sauver les débris de l'armée vaincue. Sans un acte de
foi, la France eût succombé alors sous la barbarie allemande, comme
elle succomba quatorze siècles plus tard sous cette même barbarie,
parce qu'elle ne prononça pas un acte de foi.

La France dès lors fut fidèle au Dieu qui l'avait sauvée sur le Cal-
vaire et à Tolbiac. Elle devint le soldat de Dieu ; elle tua l'arianisme
à Vouillé ; elle blessa mortellement l'islamisme aux champs de Poitiers, en attendant que plus tard elle portât sous l'étendard de la
Croix la mort jusqu'au cœur de son empire ; elle donna au Souverain-
Pontife son trône temporel ; elle empêcha le triomphe du protestantisme en repoussant loin d'elle la nouvelle religion : voilà ses plus
grandes gloires ; voilà pourquoi Dieu la bénit et la récompensa par
une grandeur incomparable.

La religion catholique veilla sur notre berceau (les évêques firent
la France, comme dit Gibbon), et elle imprégna les mœurs françaises
de ces principes constitutifs et religieux qui firent longtemps le bonheur de la France, et dont la perte nous a été si funeste. C'est à la
religion catholique que nous devons tous nos plus grands hommes,
toutes nos gloires les plus pures, et il en est encore ainsi dans les
temps modernes. Avons-nous en France des hommes comparables
aux Dupanloup, aux Freppel, aux Lacordaire, aux Ravignan, aux
Montalembert, aux Ozanam, aux de Riancey, aux de Falloux, aux
Berryer, aux Molé, aux de Broglie, aux Lamoricière, aux Trochu,
aux Charrette, aux Cathelineau, aux Mac-Mahon? Non ! ce sont là
nos plus grands hommes !

Ainsi, malheur à celui qui voudrait séparer la France actuelle de son passé, de son histoire, de son illustration. Ce serait un acte de barbarie, auquel on ne saurait comparer que les meurtrières extravagances de la Commune de Paris. La France nouvelle ne serait plus la France, mais une société misérable vouée à l'anarchie et à la mort.

Il est trop tard maintenant pour implanter de nouvelles religions : on est, de nos temps, catholique ou bien rationaliste et athée. Si des peuples se disent protestants, leur nom ne signifie plus ce qu'il signifiait autrefois : ou bien cette fausse religion se voit remplacer par le catholicisme, d'un côté, par le rationalisme de l'autre.

En tout cas, la France sera rationaliste ou catholique : il faut choisir. Mais le choix n'est plus possible pour nous, qui voulons sauver la France ; car nous savons trop bien ce que vaut le rationalisme, soit le règne de la déesse Raison.

Le rationalisme seul peut remplacer le catholicisme ; or, le rationalisme est l'absence de toute religion.

Mais l'absence de toute religion est la mort d'un peuple, ainsi que nous le crient la sagesse des siècles, la voix de l'expérience et celle de la raison.

Donc, il faut abandonner le rationalisme ; — donc il faut revenir au catholicisme, si nous voulons rendre à notre pays sa tranquillité et son bonheur.

On pourrait, sans s'exposer à une vraie réfutation, défier tout homme d'éviter une de ces alternatives : ou bien une France catholique, ou point de France. — Il n'y a pas de milieu.

« Pourquoi, s'écriait naguère à Paris le R. P. Ollivier, pourquoi Dieu nous a-t-il livrés à cette ineffable douleur ?... Pourquoi cette mort (agonie serait trop peu dire), pourquoi cette mort apparente de la France ?... Nous avons laissé ravir deux de ces provinces sœurs dont se constituait la famille française. Encore une fois, pourquoi ?... Parce que depuis longtemps la foi nous manquait avec la vertu. »

« Eh bien ! protestons que, s'il nous faut subir cette honte dans le présent, nous n'entendons pas la subir longtemps dans l'avenir. Ecartons, je le veux bien, tout ce qui est souvenir, puisque tout y est amertume ; mais protestons que nous ne voulons pas sacrifier l'espérance ! On nous la prend ! non pas ! nous les reprendrons ! Non pas ! on ne les a pas prises ! notre main n'est pas sortie de là, puisque notre volonté n'en est pas partie. Il faut qu'on le sache : il y aurait une fraude indigne de nous laisser croire le contraire. Nous les reprendrons le plus tôt possible : c'est là notre intention. Mais, sachez-le bien aussi, nous ne les reprendrons que si le patriotisme nous jette sur elles comme l'aigle sur sa proie : non plus l'aigle vieilli, blessé, condamné au silence, à l'inaction, mais l'aigle dont la jeunesse se refait dans la gloire, selon la parole du Psalmiste. Nous les reprendrons dans un irrésistible patriotisme, mais à la condition que nous les réclamerons dans la vertu. Jamais, s'il plaît à Dieu de déchirer ces traités sanglants, comme nous l'attendons de sa justice et de sa miséricorde ; — jamais, s'il plaît à Dieu de rattacher au cœur de la patrie ces parties de l'héritage paternel perdues par notre faute ; — jamais l'Alsace et la Lorraine ne rentreront dans la vieille France que par la porte ouverte dès l'heure présente, de la foi vivante dans la vertu. » (Conf. de N.-D. de Paris en 1871.)

Français, ayons la franchise d'avouer nos errements. Ne trahissons pas nos plus chers intérêts. L'impiété est encore menaçante chez nous ; rien d'affreux comme les cris de rage poussés par les partisans de la Commune contre l'Assemblée qui a parlé de prières publiques. Ne craignons pas ces clameurs, et persistons dans notre retour à la vérité : il y va de notre avenir.

Qu'on ne dise pas que le rationalisme a été pour l'Allemagne la source de ses succès ; car la Prusse nous a vaincus par notre faiblesse, par nos divisions, par la permission divine. Son triomphe n'est que passager ; et s'il arrive jamais un jour où la presse aura porté jusqu'au sein du peuple les idées funestes qui nous ont perdus, alors on verra l'Allemagne passer où nous avons passé nous-mêmes. Aujourd'hui les feuilles publiques nous annoncent qu'il existe en Allemagne seulement un million d'internationaux.

Maintenant, la France ne peut revenir qu'à la vérité tout entière, c'est-à-dire au catholicisme. Ainsi, non-seulement il serait anti-patriotique de regarder comme une chose indifférente le règne du catholicisme en France, mais encore la plus belle preuve de patriotisme que puisse accomplir le gouvernement qui présidera à nos destinées sera de favoriser le plus possible le règne de cette religion. De là, de là seulement, viendra notre salut. Qu'on y pense, qu'on y réfléchisse, c'est une question de vie ou de mort. L'abandon du catholicisme est la ruine de la France. Lui seul peut rétablir le respect ruiné du droit et de l'autorité, car le catholicisme est une école de respect, dit Guizot (si nous ne faisons erreur) ; lui seul peut rendre la vie aux principes, lui seul, mettre un frein à cette ambition furieuse de jouissances matérielles, ambition avilissante qui nous a jetés si bas, nous, les fils des croisés, nous, le peuple chevaleresque. Ainsi, le premier cri de tout bon Français doit être · Vive la religion catholique !

§ II.

Réforme sociale. — Théorie chrétienne du pouvoir. — Théorie révolutionnaire.

Mais en revenant à la religion que nous avons trop abandonnée, il faudra aussi nous donner un gouvernement, et il faudra que ce gouvernement s'inspire des principes chrétiens du pouvoir. Quels sont donc ces principes ? Quels sont par contre les principes révolutionnaires du pouvoir ?

Dieu, en créant les hommes, voulut qu'ils vécussent en société ; et ce qui le prouve, c'est que les hommes sont appelés au même but, à la même fin ; c'est que tous ils ont les mêmes devoirs à remplir envers le Créateur ; c'est qu'ils sont frères, ayant tous la même origine, sortant tous de la main du même Dieu ; c'est que le bonheur même des hommes exige l'association.

Dieu avait destiné, dès le commencement, les hommes à vivre en une société générale, *universelle,* et comme des frères sous l'autorité paternelle du chef de chaque famille. Mais les hommes, en introduisant dans le monde les sept péchés capitaux, ont rendu

impossible cette société générale. Ceux qui nous menacent aujour-
d'hui rêvent la plus grande absurdité en rêvant le socialisme et le
communisme, parce qu'ils comptent sans les suites du péché originel.
Ce furent les passions, suite du péché originel, qui divisèrent la
société générale, à commencer par Caïn et Abel. Bientôt la race se
leva contre la race, la famille contre la famille, l'individu contre l'individu ; et, à partir de la confusion de Babel, le trouble fut encore
plus grand. Les hommes se dirigèrent vers les quatre points de
l'horizon, allant former des tribus diverses, des peuplades diverses, des empires divers.

Cependant, Dieu n'avait pas changé la nature de l'homme après la
prévarication : l'auteur, l'origine, la fin de l'homme restaient les
mêmes ; c'est pourquoi il laissa subsister et même renouvela sur le
Sinaï la loi primitive, parfaite, générale, universelle, naturelle, qui
réglait les rapports des hommes avec Dieu et des hommes entre eux.
« Tu n'auras qu'un seul Dieu ; tu obéiras à ton père et à ta mère,
tu respecteras le bien de tes égaux » : Voilà la charte du genre
humain.

Toutefois, Dieu ne pouvait livrer les hommes aux passions dé-
chaînées, à l'orgueilleux qui veut dominer, à l'avare qui veut acquérir aux dépens d'autrui, au luxurieux, à l'envieux, au vindicatif qui
sont toujours prêts à détruire le bien du prochain ; il ne le pouvait,
s'il avait résolu de conserver le genre humain. Dieu donc, dans sa
miséricorde, établit des gouvernements pour la société, afin de forti-
fier l'individu en le protégeant.

Les formes de gouvernements peuvent être différentes ; mais à
chaque peuple en particulier, Dieu a fixé une forme particulière de
gouvernement, dont il ne pourra s'écarter impunément ; la monarchie, l'aristocratie, la république peuvent être légitimes; mais Dieu
n'a pas voulu qu'un peuple pût passer, selon ses caprices, d'un
gouvernement à un autre, et; s'il ne l'a pas voulu, c'est pour le maintien de son œuvre, afin d'obtenir l'ordre qu'il avait désiré en établis-
sant le pouvoir.

Maintenant, ce gouvernement établi par Dieu, qui manifeste sa
volonté au moyen de faits évidents, ce gouvernement doit, de concert
avec les subordonnés, établir les lois qui seront les plus utiles pour
l'avantage de la société ; non pas que les lois reçoivent leur force de
l'assentiment du peuple ; mais le peuple envoie ses plus sages représentants pour aider le roi à établir ces lois particulières qui ne
devront jamais être contraires, cela est évident, ni à la grande et
universelle loi, à la loi naturelle établie par Dieu, ni aux traditions
des siècles passés. C'est ainsi que les lois secondaires et particulières
sont l'expression de la volonté de Dieu et en même temps de la volonté générale ; c'est ainsi qu'elles inspirent le respect et méritent
obéissance ; c'est ainsi que ces lois seront la règle de l'homme
et pourront faire juger de la légitimité de ses actions.

On voit par là en quoi consiste le *pouvoir de droit divin ;* ce
n'est autre chose que l'individu ou l'assemblée *individue* de personnes, qui commande au nom de Dieu souverain suprême. Voilà
comment une famille peut avoir le *droit* de commander dans un
royaume. C'est ici un vrai droit de possession, non pas de l'Etat,
certes, mais du sceptre. On ne peut l'arracher à son possesseur

légitime sans commettre une véritable usurpation du bien d'autrui.

En un mot, Dieu seul est souverain et roi suprême ; le pouvoir est ministre et envoyé de Dieu pour constituer une société, et cette société ne peut repousser le pouvoir que Dieu lui impose ; le pouvoir, qui est toujours *un*, fait les lois particulières en ne s'écartant pas de la loi générale, et en consultant la sagesse des sages du peuple : voilà la théorie du pouvoir chrétien.

Voici maintenant en résumé la théorie révolutionnaire :

L'homme naît bon, et la société ne se forme que pour accroître la somme des jouissances ;

La société déprave l'homme ;

La société est volontaire et le produit d'un contrat ;

Le pouvoir a reçu la loi du peuple (et pourtant il n'y a pas de peuple avant un pouvoir, et les hommes qui délibèrent sur une proposition ont déjà subi le pouvoir d'un orateur ; et cette théorie est entièrement contraire à l'histoire) ;

Le pouvoir est conditionnel (et pourtant, s'il était conditionnel, il ne serait plus pouvoir, il serait sujet) ;

Les hommes ont cédé au souverain une portion de leur pouvoir et de leur liberté (et les hommes n'ont cédé que le pouvoir et la liberté de détruire) ; (de Bonald).

On le voit clairement, dans ce système, Dieu est chassé de la société ; le pouvoir n'est plus que l'élu du *peuple souverain*.

Cette théorie est la théorie de tout pouvoir par suffrage universel ; c'est la théorie des principes de 89 et des *droits de l'homme*, à l'exclusion des droits de Dieu ; c'est la théorie des gouvernements *de fait*, qui ont mis la France où elle est.

Ainsi, un pouvoir quelconque peut être révolutionnaire ; il lui suffit pour cela de régner *par la grâce de l'homme* et non *par la grâce de Dieu*.

§ ·III.

Plus de la Révolution !

Comme nous l'avons dit, ni la république, ni l'aristocratie, ni la monarchie ne sont mauvaises par elles-mêmes, pourvu, toutefois, que ces gouvernements se basent sur les lois que l'auteur de la nature humaine a données aux hommes. Car, sachons-le, la justice existe pour les peuples et les gouvernements comme pour les individus.

Tous ces gouvernements seront funestes et absolument funestes si, au lieu de prendre pour justice la justice divine, ils n'ont de codes que l'égoïsme, le succès, la fourberie, la force. D'abord, ces gouvernements ne seront jamais durables. Etant sans conscience et sans justice, vivant d'hypocrisies et de mensonges, ils seront bientôt connus et tomberont inévitablement dans un juste mépris. Alors, les hommes de désordre les attaquent, et ils ont raison, en ce sens qu'ils attaquent le crime ; alors les honnêtes gens ne doivent ni ne peuvent les défendre non plus, et ces gouvernements s'écroulent, parce que, s'étant basés sur ce qu'on appelle le suffrage populaire, et rien n'étant mobile et vain comme le suffrage populaire, ils manquent de base aussitôt que se retire ce sable mouvant.

Il y a deux systèmes fondamentaux ; l'un dit : Tout pouvoir vient de Dieu ; l'autre : Tout pouvoir vient du peuple. Ceci est la théorie de Rousseau, de Voltaire et des révolutionnaires ; c'est l'athéisme ; c'est le mépris des droits divins. Le plus grand crime qu'un peuple puisse commettre, c'est de se donner un gouvernement que Dieu réprouve.

Et il semble inconcevable que la raison humaine ne saisisse pas l'impossibilité d'un gouvernement sans Dieu. Pour ne pas le voir, il faut que l'orgueil aveugle l'esprit de la manière la plus complète. Jetons quelque jour sur cette question.

A quelque parti qu'ils appartiennent, tous les hommes, du moins, conviendront que pour la constitution d'une société, trois conditions sont nécessaires : il faut qu'un souverain donne une mission, un pouvoir ; il faut que ce pouvoir parle au nom d'un souverain ; il faut que les sujets obéissent au pouvoir. Que l'une de ces trois conditions fasse défaut, et alors, c'est l'anarchie : sans pouvoir, personne n'obéit ; c'est la confusion et le désordre ; c'est la ruine et la mort. Or, je le demande, où sera le souverain qui donne mission dans le gouvernement sans Dieu ? C'est le peuple, dit-on. Mais le peuple défait le soir ce qu'il a fait le matin ; mais le peuple est toujours divisé, et chaque pouvoir est toujours l'œuvre d'un parti bientôt écrasé par un autre parti ; mais c'est une minorité tyrannisée par la majorité ; mais l'expérience nous montre que ce pouvoir est toujours éphémère, que presque jamais le peuple, le vrai peuple, n'établit ce pouvoir ; que c'est, au contraire, la plus hideuse, la plus effrontée populace des villes qui crée ces pouvoirs et les impose ; que c'est la perte d'un peuple, comme on l'a vu pour la Pologne, pour la France et pour d'autres États.

Voilà des faits et des conséquences qu'on ne niera point, qu'on n'affaiblira pas, sans nier l'histoire et la raison. Et, du reste, quelle illusion pour ce pauvre peuple de croire que son mandataire va toujours parler en son nom ! On crie dans les proclamations que le peuple est *souverain*, qu'il est roi, qu'il est tout-puissant ; mais, quand donc est-il consulté pour les lois, pour les décrets, pour tout ce qui le touche de plus près ? Si même on le consulte, il se divisera, et c'est le commencement de l'anarchie ; si on ne le consulte pas, c'est le mécontentement, c'est encore l'anarchie.

L'expérience, l'effroyable expérience est là, nous montrant avec son doigt de fer tout sanglant, tout boueux, qu'il en est ainsi, toujours ainsi.

Enfin, le peuple n'obéira pas au pouvoir que lui-même aura créé, si tant est qu'il puisse créer un pouvoir. Ce pouvoir tombera incontestablement dans le mépris, parce que c'est toujours un pouvoir coupable, parce qu'il sera toujours battu en brèche par le parti ennemi, par les journaux adversaires, par les compétiteurs rejetés une première fois. Dès lors, la défiance, la haine, l'insulte, puis la démolition ; telle sera la pente sur laquelle glissera inévitablement ce trône. C'était une effigie de pouvoir, portée sur l'épaule d'un parti : vienne l'adversaire ! il renverse le parti ou frappe l'effigie, et dans tous les cas elle roule dans la boue.

N'est-ce pas là l'histoire de la Révolution sous ses divers noms de république, de royauté bourgeoise, d'empire ? Et cependant, cette triste expérience ne nous a pas instruits, et nous croyons toujours sur parole les scélérats et les insensés qui nous disent : « Monarchie établie de Dieu et tyrannie sont synonymes ; les rois, dits légitimes, dévorent les peuples ; le principe de la *source divine du pouvoir* est un mensonge, une hypocrisie. »

Pourtant, il semble facile à voir, d'un côté, que l'unité nécessaire du pouvoir est impossible *sans le principe de la souveraineté divine*, comme nous l'avons prouvé ; d'un autre côté, que cette unité gouverne le monde, et que, par conséquent, elle est dans la nature des choses. Ce qui règle l'univers, disons-nous, c'est la *monarchie*.

Il en est ainsi chez l'individu ; là, règne la volonté éclairée par la raison ; quand les passions commandent, c'est la guerre civile et l'homme devient fou, c'est-à-dire, en un sens, n'est plus homme.

Il en est ainsi dans la famille. Là, nous ne trouvons qu'un homme réglant toutes choses. Ainsi l'a voulu la nature ; ainsi l'ont voulu les lois physiques et naturelles ; ainsi l'ont voulu les lois sociales chez les plus grands peuples du monde, et malheur à la nation où ces lois sont détruites ! Sans ces lois, il n'y a plus de famille.

Il en est encore ainsi dans l'Eglise, la seule vraie Eglise. Là, le pouvoir est *un*, et cette unité constitue même une preuve invincible de sa vérité, preuve que ne détruiront jamais ses ennemis. Sans l'unité, il n'y aurait plus d'Eglise.

Il en est ainsi dans la monarchie, puisque là, par supposition, c'est le pouvoir d'un seul.

Enfin, le croira-t-on, il en est de même ainsi dans les États aristocratiques et démocratiques. Qu'on le veuille ou qu'on ne le veuille pas, chaque jour, il y a un roi dans ces Etats. Le moment de la délibération venu, un homme se lève (M. Thiers en sait bien quelque chose), propose un avis qui est adopté par les autres : et le roi est celui dont l'avis a prévalu. La seule particularité est ici que le roi change tous les jours, à toutes les heures ; que, par-là, c'est la révolution continuelle ; que, par-là, on a tous les inconvénients de la royauté, sans avoir aucun de ses avantages.

Il est bien étonnant que les hommes se payent de mots avec tant de simplicité, qu'ils se croient le peuple souverain, parce qu'on crie : « Peuple, tu es souverain ! » qu'ils se croient libres, frères et égaux, parce qu'on crie : « liberté, égalité, fraternité ! »

C'est là un aveuglement qui prouvera à jamais combien est vain ce qu'on appelle le suffrage populaire.

Que faut-il donc pour que chacun de ces divers pouvoirs qui s'exercent chez les hommes ne soit pas une usurpation ; pour que la raison chez l'homme, le père dans la famille, le Pape dans l'Eglise, le souverain sur son trône, le président dans la République ne soient pas des tyrans, d'affreux tyrans ? Il faut qu'au-dessus de tous ces pouvoirs nous voyions le bras de Dieu donnant ces pouvoirs à la terre. C'est la théorie chrétienne du pouvoir ; c'est la seule théorie vraie et salutaire : les autres sont le code de la tyrannie universelle.

Guidés par l'expérience et le raisonnement, nous pouvons tirer d'abord cette conclusion : que la France a trouvé sa ruine dans la révolution. Les droits de l'homme sans les droits de Dieu sont un poison mortel.

Les fils des anciens rois qui ont fait la France sont chassés et égorgés, et notre patrie est livrée aux plus lamentables bouleversements. Les échafauds la couvrent pendant dix ans ; les ruines se multiplient dans son sein ; cinquante mille comités révolutionnaires l'assassinent et la pillent ; elle est baignée du sang de ses enfants ; ses veines semblent épuisées ; puis, tout à coup, prise de délire, elle se choisit un maître, se lève avec furie et va promener son héroïsme dans toutes les capitales de l'Europe, jusqu'à ce qu'enfin elle recule et tombe de nouveau haletante sur sa couche, laissant trois millions de cadavres dans sa route. La France mécontente change de maître ; puis elle accepte de nouveau son tyran, puis le rejette encore pour revenir à ses vrais chefs, puis les chasse encore. Un usurpateur porte la main sur elle, et il meurt par la révolution ; après la révolution, elle devient la victime d'un nouvel usurpateur qui l'a conduite jusqu'à Sedan et à Metz pour l'y déshonorer et l'y faire égorger. La révolution règne encore ; Paris est couvert de ruines, de sang et de cadavres, et après..... impossible de rien prévoir si la France ne change de route.

Les faits sont-ils mémorables et instructifs ? Ne trouvons-nous pas qu'il y a là quelque principe corrosif qui nous détruit? Quelque poison qui nous agite et nous donne cette fièvre mortelle ? Pourquoi tant d'agitations, de malaises et de perpétuelles commotions ? Quel est ce volcan sur lequel nous sommes continuellement en danger d'être engloutis sous la lave brûlante des révolutions ? Comment a-t-on fini par rencontrer, au sein de Paris, des armées entières de scélérats, capables de mettre en péril notre existence nationale, de détruire nos monuments et les titres de notre gloire passée, d'empoisonner en un jour tous les fils de la France qui prétendent sauver l'ordre ? Ah ! la cause, nous la voyons aujourd'hui, nous la voyons avec des yeux baignés de larmes, avec un brisement de cœur ; nous la voyons au milieu de l'immense deuil qui nous accable ; cette cause, c'est que nous avons été régis sans le concours des lois de Dieu.

§ IV.

La République est impossible en France. — L'expérience le prouve.

Nous l'avons dit, une République est peut-être possible, sans qu'elle soit nécessairement révolutionnaire et anarchique Cependant, l'histoire sérieusement méditée pourrait prouver le contraire, surtout pour les grands pays. Il suffirait pour cela d'accorder que ce qu'on a vu toujours et partout n'est que la vérité. Mais, pour ne pas froisser inutilement trop d'illusions, nous remarquerons seulement qu'on ne saurait nous montrer une grande République qui n'ait pas été l'anarchie. Une démocratie est un assemblage d'ambitions, d'ignorances, de scélératesses qui toutes n'ont qu'un programme : « Ote-toi de là que je m'y mette ! » Qui ne voit, dès lors, combien cette démocratie aura vite justifié le mot de Proud'hon, qui l'appelait « Démonocratie ? »

Du reste, pour nous, Français, il n'est pas nécessaire de savoir si la République est possible dans telle ou telle partie du monde ; nous n'avons qu'une chose à demander et à chercher : c'est si la République est possible chez nous, en France. Or, nous ne craignons pas de répondre qu'elle y est impossible, parce qu'elle n'y a jamais vécu, parce que les Français ne sont pas républicains, parce que la République est incapable de guérir nos plaies, parce qu'enfin la République, avec tous ses inconvénients propres, présente en outre tous les inconvénients de la monarchie.

D'abord, la République n'a jamais pu tenir en France, malgré ses nombreux essais. Il semble que si elle avait pu réussir un jour, elle aurait réussi au commencement de ce siècle, alors qu'elle n'avait pas contre elle, dans son passé, une si odieuse histoire. Il semble que la République aurait dû vivre en 48, alors qu'elle semblait relativement moins sanguinaire que jamais, alors que certains actes étaient plus ou moins capables de lui concilier l'amour des Français, alors qu'elle comptait parmi ses chefs des généraux, des écrivains remarquables, des hommes capables et modérés ;... et pourtant elle laissa la France lui échapper ; elle la laissa tomber entre les mains de Napoléon III !

Il semble, enfin, que cette République devrait s'affermir en 1871, maintenant que l'Empire a perdu et souillé la patrie, maintenant que cette République *de nom* a écrasé l'armée des incendiaires, des empoisonneurs, des assassins qui remplissaient Paris. Mais, ne l'oublions pas, c'est par les royalistes qu'ont été anéantis ces bataillons de scélérats. Si la République vit encore, c'est parce que les royalistes la soutiennent (1). M. Thiers, le grand homme de la France en ce moment, M. Thiers se sent ébranlé sur son fauteuil : il se sent tomber. Quand donc vivra cette République si désirée ? Hélas ! le passé nous montre l'avenir : la République ne vivra jamais !

Notre caractère national rend également impossible la durée de la République. Nous sommes le peuple le plus mobile, le plus facilement trompé, le plus facilement révolutionnaire des peuples ; un nom, une intrigue, un fantôme nous fascine, et le lendemain nous ne voulons plus de ce qui nous a trompés et de ce que nous avons voulu la veille ; ainsi, chez nous, République devient synonyme d'anarchie. Elle peut vivre quelques mois dans un moment d'exaltation et de délire ; l'exaltation tombée, le délire passé, la République tombe et passe également.

Enfin, les Français ne sont pas républicains ; et si jamais un spectacle, une expérience a pu ajouter à leur horreur pour la République, ne sont-ce pas les malheurs qui affligent en ce moment notre infortuné pays; malheurs qui pèsent de tout leur poids sur la responsabilité des républicains, parce que les auteurs de ces maux ont toujours été les plus ardents républicains ; car, ce qui est bien digne de remarque, c'est que tous les plus scélérats révolutionnaires se disent républicains. Non ! la France n'est pas républicaine, et ses dernières élections générales, faites sous les yeux des préfets nommés

---

(1) Ceci n'est pas moins vrai après les élections du 2 juillet qui ont envoyé à l'Assemblée un renfort pour soutenir la République. Les républicains ont triomphé, grâce à l'abstention des royalistes, lassés de voter.

par Gambetta et ses collègues, nous ont donné une assemblée monarchiste. Si même il ne nous en coûtait pas trop à le dire, nous rappellerions que la France a subi Napoléon III, précisément à cause de son horreur pour la république, qui, à ses yeux, est l'équivalent de désordre et d'anarchie. Par conséquent, sachons-le bien, la France ne veut pas de la République, et celle qui existe en ce moment n'est qu'un cadavre près de se décomposer. Les élections qui viennent d'avoir lieu et de porter à l'Assemblée un grand nombre de républicains, n'affaiblissent en rien nos convictions à ce sujet. Les nouveaux élus sont en grande partie d'honnêtes républicains, des amis de M. Thiers, qui n'est pas républicain. C'est même M. Thiers qui a obtenu ce résultat par ses triomphes remportés au nom de la République. Mais, dans ce vote, nous trouvons des manifestations à odeur de pétrole et de sang, présage de troubles nouveaux. Du reste, les monarchistes de l'Assemblée seront plus disposés à agir pour leur cause. C'est une nouvelle guerre civile qui se prépare probablement pour la malheureuse France. Toutefois, c'est un signe de mort pour la République. Quand elle gouvernera, elle se tuera par ses folies. Nous le disons avec la plus profonde conviction : c'est là *le commencement de sa fin.*

§ V.

La République est impossible, parce qu'elle ne peut guérir nos plaies.

D'ailleurs, pensons-y, la République est incapable de cicatriser la profondeur de nos plaies. La patrie est menacée dans son existence même. A notre place, les Romains auraient créé un dictateur pour vingt ans ; et si jamais un peuple comprit le secret de la grandeur, de la politique et de la résurrection, ce fut bien le peuple ou plutôt le sénat romain. Et nous, que prétendons-nous faire ? Refuserons-nous de mettre à notre tête le noble exilé qui peut seul devenir pour nous un nouveau Camille ? Ou bien resterons-nous sans cesse hésitants entre l'ordre et l'anarchie, incertains du lendemain et prêts à applaudir au premier aventurier qui se présentera à nos portes, en s'appelant le peuple ? Mais ici, pour celui qui veut le salut de la France, l'hésitation n'est plus possible. Nos malheurs sont immenses, nos blessures profondes, et la République ne peut que les agrandir et les rendre mortelles.

Le premier désir de tout Français doit être celui de l'union en France, parce qu'une nation divisée se décompose bientôt et tombe d'elle-même ; c'est là une vérité de la plus haute évidence et dont un homme sensé ne doutera jamais. Or, nous mettant ici en désaccord avec un homme illustre, nous dirons : la République est la forme de gouvernement qui nous divise le plus, et non celle qui nous divise le moins.

Quand on parle de République, est-on au moins d'accord sur la signification des mots ? Nullement. La République qu'on voulait naguère à Paris était toute différente de la République que d'autres désiraient à Versailles, et même qu'on prétend y établir. Les faits en sont une preuve péremptoire.

Voilà donc une première cause de divisions interminables ; voilà pour la France une série d'assemblées nationales, de conventions, de présidences, de terreurs, de consulats, de constituantes, de directoires se réformant, s'attaquant, se renversant les uns les autres. L'expérience est encore là, vivante, et nous savons tous que rien n'est agité, troublé comme la République, qui ouvre le champ à toutes les ambitions et à toutes les inepties, tandis que les hommes vraiment capables, vraiment grands, ont toujours trop de dignité pour se souiller dans cette foule d'ignorances et d'égoïsmes. Il ne saurait en être autrement, parce qu'il n'y a pas d'unité sans vrai principe, parce qu'il n'y a pas de principe sans Dieu, parce que la République, s'appuyant sur le suffrage universel, n'est en théorie et en pratique surtout que la négation du droit divin. La République est donc le *gouvernement qui nous divise le plus,* parce qu'elle est la destruction du seul vrai principe de l'autorité et de l'unité.

Mais, outre cet inconvénient, combien d'autres qui surgissent *en foule d'une foule de questions* à régler, et dont la République ne viendra jamais à bout !

Une des plus grandes œuvres du nouveau gouvernement qui va nous régir, c'est l'œuvre de la Décentralisation, c'est de détruire ce dissolvant principe d'après lequel une société est une vraie mécanique qui ne marche que par le mouvement imprimé à une roue centrale ; ce principe qui traite la société comme une *locomotive.* Que de questions soulevées ici ! Que de problèmes à résoudre pour les libertés qu'il faudra octroyer à la famille comme à la province, et tout cela pourtant sans dissoudre la nation française ! Et l'on croit que la République sera capable de cette œuvre si difficile ; qu'elle saura contenter les *légitimes* prétentions de Lyon, de Marseille et autres villes démocratiques ? Non, c'est au-dessus de ses forces ; elle ne le peut. Il faut ici le fils de ceux qui ont fait la France ; il faut le fils de Hugues Capet, de Henri IV.

Après la décentralisation vient la grande question sociale ; il faut établir l'entente entre le travail et le capital, entre le riche et l'ouvrier. C'est une lutte immense qui partage en deux camps l'Angleterre, l'Italie, la France, la Suisse, l'Allemagne et le monde entier. Que demandent les membres de l'Internationale dans tous les pays ? La République ! Et pourquoi la République ? Parce que, ils le savent bien, c'est la liberté ouverte à toutes les scélérates entreprises. On l'a bien vu à Paris. « Ainsi, établir, proclamer la République, ce serait faire l'œuvre du socialisme ; ce serait accomplir ses vœux les plus ardents ; ce serait ainsi notre mort nationale. » (Benezet).

Le grand moyen pour la guérison de ce mal immense, c'est le rétablissement des principes religieux, de la morale ; c'est le rétablissement du catholicisme. Mais l'ennemi de la religion en France, c'est la République. Elle l'est par principe, puisqu'elle repousse la souveraineté de Dieu et la forme de pouvoir que Dieu nous a donnée ; elle l'est aussi par ses œuvres. Il peut se rencontrer un jour une Assemblée nationale, nommée au milieu de maux immenses, et qui décrète des prières ; mais la main d'acier de l'infortune ne sera pas toujours là pour nous arracher des *chapelets*, comme la tempête en arrachait à Volney ; et nous en reviendrons là où nous en sommes toujours revenus : au règne de l'athéisme. En un mot, nous l'avons déjà prouvé, il nous faut la réforme religieuse ; et, en France, elle n'aura jamais lieu par la République. Ainsi, nous le voyons déjà, la République nous serait funeste, et nous n'en voulons plus !

§ VI.

Objection. — La République ne donne pas la liberté, ni l'égalité, ni la fraternité.

Objectera-t-on que le despotisme est pire que la pire des Républiques ? Que le pouvoir sans frein, que le czarisme étouffant les peuples sous le talon de sa chaussure, est plus exécrable que la révolution même ? Oh ! ici, nous sommes d'accord avec l'adversaire, et nous n'aimons pas plus le czar qu'un Dombrowski ou un Rochefort !

Mais, heureusement pour le bonheur des peuples et pour le salut de la civilisation, cette objection ne nous atteint pas, parce qu'entre le désordre républicain ou révolutionnaire et le czarisme qui étrangle, il y a un milieu, et que c'est précisément dans ce juste milieu que se *trouve la vertu* et que nous allons chercher notre souverain, comme nous le montrerons plus tard.

Et, du reste, il ne serait pas difficile de prouver que rien n'est révolutionnaire comme le czarisme, et que rien n'est autocrate comme la révolution ou la République française. Tous deux étranglent la vraie liberté ; tous deux règnent sans Dieu ; tous deux gouvernent selon les caprices du délire ou de l'ineptie. C'est encore le règne de la déesse Raison, ou de la déesse Passion.

L'histoire est là pour nous prouver que jamais la liberté ne fut saignée comme elle l'est par la République révolutionnaire et par un czar. Nous ne nous chargerons pas de démontrer cette vérité pour le czarisme, parce que tout le monde le sait et avoue qu'il en est ainsi. Examinons seulement ce qu'il en est relativement à la République ou à la révolution française.

Elle nous promet trois choses sublimes dont elle inscrit le nom partout : sur les murs, sur les portes, sur les monnaies, sur les drapeaux ; elle nous promet la *Liberté, l'Egalité, la Fraternité*. Nous a-t-elle jamais fait ce cadeau magnifique ?

La liberté ! grande chose, don le plus beau que nous ait fait le ciel ; bien aussi précieux que l'intelligence, et sans lequel l'intelligence ne serait que l'étincelle emprisonnée dans le caillou ! Qui aime la liberté plus que le chrétien, lui, le fils de *la vérité qui délivre*, lui, le fils du Christ qui a anéanti l'esclavage et renversé partout la tyrannie païenne ?

Mais il faut s'entendre quand on parle de liberté, en nos jours surtout, où l'on a corrompu la signification des termes, où l'on fait tant mentir notre belle et noble langue. Qu'est-ce donc que la vraie liberté ? *C'est le droit et le pouvoir pour tout homme d'accomplir ses devoirs.* On n'en peut donner une autre définition sans dire des absurdités. On ne peut prétendre que la liberté consiste dans le pouvoir de *tout faire;* car on donnerait à l'homme ce qui n'appartient qu'à Dieu ; et encore Dieu n'a-t-il pas la liberté de faire ce qui est mal, parce que ce serait là une souveraine imperfection ; et le soutenir serait nier Dieu lui-même. Telle est pourtant la liberté que nous apporte la République ou la Révolution, toutes les fois qu'elle vient bouleverser notre pauvre société sous prétexte de renverser la tyrannie. Sans doute, il y a tyrannie toutes les fois que le pouvoir ne se base point sur les lois divines ; mais la révolution n'a rien à reprocher à la tyrannie, parce qu'elle est elle-même la plus épouvantable des tyrannies. D'après le principe révolutionnaire, il faudrait au moins que l'ensemble du peuple fît la loi à la nation entière ; il semble qu'alors, en supposant l'acceptation de la minorité, la loi aurait un appui quelconque ; mais ce n'est pas ainsi que l'entend en France la Révolution ou la République qui, jusqu'ici, se sont confondues.

Le peuple est souverain ! nous crie-t-on sans cesse. Donc, nous sommes libres, égaux, frères ! Et une foule sans raison le croit sur la parole du premier charlatan venu, et ne commence à en douter que lorsqu'elle voit s'élever des guillotines dans chaque coin de rue, qu'elle voit arriver des compagnies de fusilleurs et de noyeurs.

On dit : Le peuple est souverain. Mais, d'abord, qu'est-ce que le peuple? Le peuple, c'est la nation entière comprise entre le premier et le dernier citoyen inclusivement : le paysan, l'ouvrier, l'écrivain, l'artiste, le prêtre en font partie. Evidemment, on ne peut refuser cette définition du peuple sous peine d'abdiquer le bon sens ou de demander une classe de parias. Ainsi, le peuple n'est pas cette foule impie, scélérate, affamée, grossière qui dépave les rues, élève les barricades, pille les demeures, vide les caves, assassine les honnêtes gens, monte aux bastilles, et coupe la tête des rois et des prêtres. Et pourtant, voilà le « peuple » qui fait toutes les révolutions, renverse tous les gouvernements, qui triomphe aux élections, qui règne par le couteau. Qu'on le veuille ou qu'on ne le veuille pas, c'est lui qui triomphe. N'en voyons-nous pas en ce moment un frappant exemple dans Paris et dans d'autres grandes cités? Les élections n'ont-elles pas mis la plupart des villes de France entre les mains d'hommes sans passé comme sans avenir, ou plutôt du pire passé et du pire avenir? Et il y a quelques mois, M. Gambetta, qui se disait *le peuple,* ne mettait-il pas chaque matin à la porte du gouvernement généraux, officiers, préfets, administrateurs, en les remplaçant par les hommes de sa livrée, sans se laisser émouvoir par les cris désespérés de la liberté, de l'égalité et de la fraternité? Avec la même hauteur de manières, ne poussait-il pas la France au combat à coups de baguette? Et il en a toujours été ainsi, et il en sera toujours ainsi : l'audace, l'activité seront toujours du côté des Catilinas.

Quelques-uns seront tués, et même ils se tueront tous successivement et mutuellement, mais n'importe ! La race n'en tarira jamais ; et chez tout peuple assez infortuné pour vivre sous sa *propre souveraineté,* il arrivera de même, tôt ou tard. Et maintenant où sont la liberté, l'égalité, la fraternité ?

Oui, il en sera ainsi, et toujours ainsi ; oui, les passions des uns, les incapacités des autres empêcheront à jamais l'arrivée de cet âge d'or que la folie rêve maintenant, et où le genre humain devrait rester confondu dans une étreinte indissoluble de liberté, d'égalité et de fraternité.

Écoutons encore un philosophe considérant la souveraineté du peuple sous un autre point de vue (J. de Maistre. *Considérations sur la France*) :

« Pour mettre toute la clarté possible dans cette discussion, il faut remarquer que les fauteurs de la République française ne sont pas tenus seulement de prouver que la représentation perfectionnée, comme disent les novateurs, est possible et bonne ; mais encore que le peuple, par ce moyen, peut retenir sa souveraineté (comme ils disent encore), et former dans sa totalité une République. C'est le nœud de la question ; car, si la République est dans la capitale et que le reste de la France soit *sujet* de la République, ce n'est pas le compte du *peuple souverain.*

« La commission chargée en dernier lieu de présenter un mode pour le renouvellement du tiers, porte le nombre des Français à trente millions. Accordons ce nombre... Chaque année, au terme de la constitution, deux cent cinquante personnes sortant du Corps législatif seront remplacées par deux cent cinquante autres. Il s'en-suit qui si les quinze millions de mâles que suppose cette population étaient immortels, habiles à la représentation et nommés par ordre, invariablement chaque Français viendrait, à son tour, exercer la souveraineté nationale tous les soixante mille ans.

« Mais, comme on ne laisse pas que de mourir de temps en temps, dans un tel intervalle ; que, d'ailleurs, on peut répéter les élections sur les mêmes têtes, et qu'une foule d'individus, de par la nature et le bon sens, seront toujours inhabiles à la représentation nationale, l'imagination est effrayée du nombre prodigieux de souverains condamnés à mourir sans avoir régné. »

Mais enfin, admettons même qu'il ne soit pas tenu compte de cette considération, il faudrait encore prouver que le règne de la République n'est pas au fond le règne, passager si l'on veut, mais enfin le règne d'un seul.

Partout où il n'y a pas unité, il y a la décomposition et la ruine. Nous l'avons déjà dit : l'unité règne partout ; tout ce qui n'est pas monarchie en ce monde est révolution, désordre et mort. On ne peut donc supposer une République sans un pouvoir *un*, sans une monarchie. Mais tout le monde conviendra qu'il est extrêmement difficile, pour ne pas dire impossible, de maintenir cette *unité* de pouvoir dans un état démocratique, surtout en nos temps où l'on trouve autant de républiques que d'intérêts particuliers, où l'on rencontre si peu des vertus spécialement nécessaires dans une république.—Ainsi, le seul avantage qu'on veut donner à la République n'existe pas, tandis que tous les désavantages en sont aussi réels que funestes.

§ VII.

La République n'a rendu aucun service à la France; toujours elle l'a livrée à l'anarchie.

La République n'a rendu aucun service à la France. Le saint roi Louis XVI, plusieurs années avant de monter sur l'échafaud, avait offert à la France tout ce qu'il y a de légitime dans les *conquêtes de la Révolution*. Le 22 février 1787, il disait à l'assemblée des Notables : « Messieurs, je vous ai choisis dans les différents ordres de l'Etat, et je vous ai rassemblés autour de moi pour vous faire part de mes projets ; c'est ainsi qu'en ont usé mes prédécesseurs et notamment le chef de ma branche dont le nom est resté cher à tous les Français, et dont je me ferai gloire de suivre toujours les exemples. Les projets qui vous seront communiqués de ma part sont grands et importants.

« D'une part, améliorer les revenus de l'Etat et assurer leur libération entière par une répartition plus égale des impositions ; de l'autre, libérer le commerce des différentes entraves qui en gênent la circulation, et soulager, autant que les circonstances me le permettent, la partie la plus indigente de mes sujets.

« Telles sont, Messieurs, les vues dont je suis occupé et auxquelles je me suis fixé après le plus mûr examen. Comme elles tendent toutes au bien public et connaissant le zèle pour mon service dont vous êtes animés, je n'ai pas craint de vous consulter sur leur exécution. J'entendrai et j'examinerai successivement les observations dont vous les croirez susceptibles. Je compte que vos avis, conspirant tous au même but, s'accorderont facilement, et qu'aucun intérêt particulier ne s'élèvera contre l'intérêt général. » (Louis XVI, de Falloux, — page 121.)

Le 23 juin 1789, le roi, s'adressant aux Etats généraux, continuait ainsi :

« J'ai voulu aussi, Messieurs, vous faire remettre sous les yeux les bienfaits que j'accorde à mes peuples. Ce n'est pas pour circonscrire votre zèle dans le cercle que je vais tracer ; car j'adopterai avec plaisir toute autre vue de bien public qui sera proposée par les Etats généraux.

« Je puis dire, sans me faire illusion, que jamais roi n'en a fait autant pour aucune nation ; mais quelle autre peut l'avoir mieux mérité par ses sentiments que la nation française ? Je ne craindrai pas de l'exprimer : ceux qui, par des prétentions exagérées ou par des difficultés hors de propos, retarderaient encore l'effet de nos intentions paternelles, se rendraient indignes d'être regardés comme Français. »

On lut alors une déclaration, dont voici les dispositions principales :

« ARTICLE PREMIER. — Aucun nouvel impôt ne sera établi, aucun ancien ne sera prorogé au-delà du terme fixé par les lois, sans le consentement des représentants de la nation.

« Art. 3. — Aucun emprunt n'aura lieu sans le consentement des Etats généraux, sous la condition toutefois qu'en cas de guerre, le souverain aura la faculté d'emprunter sans délai jusqu'à la concurrence de cent millions; car l'intention formelle du roi est de ne jamais mettre le salut de son empire sous la dépendance de personne.

« Art. 4. — Les Etats généraux examineront avec soin la situation des finances, et ils demanderont tous les renseignements propres à les éclairer parfaitement.

« Art. 5. — Le tableau des revenus 'et des dépenses sera rendu public chaque année.

« Art. 9. — Lorsque les dispositions formelles, annoncées par le clergé et la noblesse, de renoncer à leurs priviléges pécuniaires, auront été réalisées par leurs délibérations, l'intention du roi est de la sanctionner, et qu'il n'existe plus, dans le payement des contributions pécuniaires, aucune espèce de priviléges ni de distinctions.

« Art. 15. — Le roi, désirant assurer la liberté personnelle de tous les citoyens d'une manière solide et durable, invite les Etats généraux à chercher et à lui proposer les moyens les plus convenables de concilier l'abolition des ordres, connus sous le nom de lettres de cachet, avec le maintien de la sûreté publique.

« Art. 17. — Les Etats généraux examineront et feront connaître à Sa Majesté le moyen le plus convenable de concilier la liberté de la presse avec le respect dû à la religion, aux mœurs et à l'honneur des citoyens.

« Art. 18. — Il sera établi dans les diverses provinces ou généralités du royaume, des Etats provinciaux, composés de deux dixièmes de membres du clergé, dont une partie sera nécessairement choisie dans l'ordre épiscopal, de trois dixièmes de membres de la noblesse et de cinq dixièmes de membres du tiers-état.

« Art. 25. — Les Etats généraux s'occuperont du projet conçu depuis longtemps par Sa Majesté de porter les douanes aux frontières du royaume, afin que la plus parfaite liberté règne dans la circulation intérieure des marchandises nationales ou étrangères.

« Art. 26. — Sa Majesté désire que les fâcheux effets de l'impôt sur le sel, et l'importance de ce revenu, soient traités soigneusement, et que, dans toutes les suppositions, on propose au moins des moyens d'en adoucir la perception.— (Louis XVI. — De Falloux, page 148.) »

Ah ! Français, si nous eussions été plus sages en acceptant ces propositions du fils de saint Louis et en l'aidant à les remplir, que de sang nous aurions épargné, que de catastrophes nous aurions évitées ! On s'égorgea en égorgeant le bon roi Louis XVI; et après tout cela on vit la plupart des anciens régicides mendier les faveurs de Bonaparte. O républicains ! quel bien nous avez-vous donc fait? Quel bien nous avez-vous fait en 93, lorsque vous couvriez la France de cadavres et de ruines, lorsque vous anéantissiez l'agriculture et le commerce, lorsque vous égorgiez les savants, lorsque la banqueroute fut mise par vous à l'ordre du jour; lorsque l'Europe fut stupéfaite de la perversité, autant que de la stupidité des chefs révolutionnaires. Vous n'éloignâtes même les Prussiens du territoire français qu'avec l'or plutôt que par les armes. L'invasion ne fut que retardée, et ce fut Napoléon qui nous l'amena.

Quel service nous a rendu la République de 48, qui ne sauva la France du socialisme qu'en la livrant à un Napoléon III? Que nous parlez-vous de république *une* et *indivisible*, puisque la République a toujours été l'anarchie, le désordre et la guerre civile? Qu'avez-vous fait de la France, en la jetant sans cesse d'un écueil à un autre, ne lui laissant pas un instant de repos? Sans cesse vous l'avez précipitée dans de nouvelles tempêtes ; vous avez dégarni ses bancs de rameurs, brisé ses mâts, tué son pilote. Dans vos mains, la France, la grande nation, l'apôtre et le soldat de la vérité, est devenue le fléau, puis le jouet de l'Europe! Insensés, quittez le gouvernail que vous ne savez pas tenir, et laissez revenir celui qui nous conduira droit dans notre route. *Que la queue ne marche plus la première.*

Enfin, une dernière considération doit nous faire repousser la République loin de nous : c'est qu'au jour de l'expérience, nous la voyons incapable d'asseoir la France, c'est qu'elle est un sable mouvant.

Toutes nos Républiques ont été intarissables de Constitutions :

Constitution du 14 décembre 1791.
Constitution du 24 juin 1793.
Constitution du 4 décembre 1793.
Constitution du 22 août 1795.
Constitution du 15 décembre 1799.
Constitution du 2 août 1802.
Constitution du 18 mai 1804.
Constitution du mai 4 mai 1848.
Constitution du 14 janvier 1852.
Constitution du 7 novembre 1853.
Constitution de..... 1871, etc., etc.

Nous avons vu paraître successivement depuis 89 :

L'Assemblée constituante.
L'Assemblée législative.
La Convention.
Le Directoire.
Le Consulat.

Puis, en 48 :

L'Assemblée nationale constituante.
L'Assemblée législative.
La Présidence.

Enfin, en 70-71, Dictature de Bordeaux, Dictature de Versailles. Et ces différents gouvernements ont donné :

L'Assemblée constituante, plus de	2,500 lois.
L'Assemblée législative	1,700
La Convention	11,210

Enfin, nos différents gouvernements républicains nous ont donné près de cinq millions de lois.

Ce seul fait nous démontre que jusqu'ici la folie, ou tout au moins la légèreté et l'ineptie, ont présidé nos assemblées républicaines, et que les républicains ont tué eux-mêmes la République, parce que des changements si fréquents dans les lois prouvent que ces lois ne sont plus l'expression de la Vérité ou d'une volonté supérieure, mais du caprice et de la forfanterie. Et qui nous dira quels maux a valu à la France cette diminution du respect pour les lois?

Dès lors, qu'est-il arrivé? Il est arrivé qu'on s'est lassé de la République, que le nombre de ses partisans a diminué chaque jour, et qu'en ce moment la France est en république sans être républicaine et sans républicains. — On le voit donc, la République a rendu très-peu de services à notre patrie et lui a causé des maux immenses.

L'expérience des faits nous montre que cette forme de gouvernement ne peut subsister en France, qu'elle serait une source intarissable de désordres, qu'elle est la domination tyrannique et corruptrice de toutes les incapacités ambitieuses; que le peuple n'y gouverne pas, que rien n'est facile à tromper comme le peuple; que la République ne saurait donner ni *liberté*, ni *égalité*, ni *fraternité;* que jusqu'ici la République a été révolutionnaire , qu'elle a été le règne de l'impiété et de l'échafaud, qu'elle est incapable d'asseoir la France, parce qu'elle n'est que l'instabilité, parce que les ennemis de la République sont trop nombreux, parce qu'elle n'inspire pas de confiance.

Français, nous n'avons plus à hésiter : la République n'est pas ce qu'il nous faut. Il nous faut une tête et un bras pour commander, mais non pas cent têtes , parce qu'elles ne s'accordent pas; ni cent bras pour tenir le sceptre, parce qu'ils se contrarient s'ils ne sont dirigés par une seule tête. Non, Français, plus de la République, parce que bientôt nous serions forcés de dire : Plus de France ! La France est finie !

§ VIII.

Plus de la monarchie de Juillet.

La Royauté de Juillet, condamnée par son fondateur mourant, fille et victime des barricades, c'est la Révolution déguisée : raison suffisante pour n'en plus vouloir à jamais. Les d'Orléans seront quelque chose s'ils se rallient aux vrais principes; ils ne seront rien s'ils restent ce qu'ils ont été ; ils tomberont à mesure que tombera plus profondément dans le mépris universel l'esprit de la Révolution, et, s'ils parviennent à des coups d'Etat, ils nous donneront aussi des Waterloo et des Sedan, et rien de plus.

Mais les membres divers de cette famille n'agissent guère de manière à rassurer les Français. Nous voyions naguère le prince de Montpensier scandaliser le monde par son duel avec l'infant, don Henry; nous voyons le prince de Joinville et le duc d'Aumale se porter candidats à l'Assemblée nationale, se donner comme purs républicains et *offrir leurs services dévoués à la nation.*

« Je ne trouve rien, dit l'un d'eux, dans mes sentiments, dans mon passé, dans les traditions de ma famille, qui me sépare de la République : je resterai son dévoué serviteur. »

Louis-Napoléon Bonaparte s'écriait, le 27 septembre 1848, devant l'Assemblée constituante : « Que la République reçoive mon serment de reconnaissance, mon serment de dévouement, et que les généreux compatriotes qui m'ont porté dans cette enceinte soient certains que je m'efforcerai de justifier leurs suffrages... Nul ici plus que moi n'est résolu à la défense de l'ordre et de l'affermissement de la République. » Le 2 novembre de la même année, il disait : « Je ne suis pas un ambitieux qui rêve l'empire... Je me dévouerai tout entier, sans arrière-pensée, à l'affermissement de la République. » Le 20 décembre encore, en 1848, il prononçait ce serment : « En présence de Dieu, et devant le peuple français, représenté par l'Assemblée nationale, je jure de rester fidèle à la République démocratique, une et indivisible, et de remplir tous les devoirs qu'impose la Constitution. »

Français, voilà quelques-uns des serments de Louis-Napoléon Bonaparte ; vous savez comment il les a tenus ! Ce sont toujours les mêmes promesses, les mêmes protestations ; et, si elles sont faites par un homme qui a les mêmes principes, prenez garde !... Du reste, les d'Orléans ont assez prouvé qu'ils sont révolutionnaires, révolutionnaires et conspirateurs en France, en Italie, en Espagne, en Angleterre.

Conspirateurs et révolutionnaires sous Louis XIV et Louis XV ; conspirateurs et révolutionnaires sous Louis XVI, dont Philippe-Egalité signa l'arrêt de mort, Philippe-Egalité, l'un des plus hideux personnages de la Révolution. Conspirateurs et révolutionnaires sous Louis XVIII et Charles X, dont ils renversèrent le trône par la plus noire ingratitude, etc., etc. Nous ne voulons pas nous étendre plus longuement sur ce sujet. Il reste pour les d'Orléans un seul moyen de gagner le cœur des vrais Français : c'est d'abjurer leur passé, de revenir aux vrais principes.

Qu'ils nous démontrent clairement que l'*orléanisme* n'est pas la révolution, et alors nous *leur rendrons notre confiance, la confiance due à la bonne foi* et à l'honneur seuls. Donc, plus d'orléanisme, et seulement les d'Orléans *convertis*. Il faudrait, comme dit l'auteur de la brochure que j'analyse dans ce chapitre, il faudrait pour l'honneur et la sécurité de la France, que les princes, d'une foi loyale, vinssent renouveler, aux pieds du chef de la maison de saint Louis, leurs sincères protestations de reconnaissance, d'hommage et de fidélité. Leur reconnaissance du droit leur donnerait naturellement leur place autour du trône.

§ IX.

Plus de l'Empire.

Il semble inutile de parler de l'Empire, qui ne reviendra certainement pas, parce qu'il est, lui aussi, le règne de la révolution incarnée dans un homme. Toutefois, ne dussions-nous que décharger notre conscience et rafraîchir quelques souvenirs à l'usage des mémoires courtes, nous voulons faire en quelques mots le bilan de l'Empire.

Nous ne dirons rien du premier Empire, créé par un homme de génie qui fit le bien par politique et malgré lui, que Dieu envoya comme un fléau, qui fut un tyran, qui fut le bourreau du Pape, l'assassin du duc d'Enghien, qui fit le Code Napoléon, ou plutôt le code de l'athéisme, qui fut l'usurpateur de tous les trônes, le violateur de tous les droits, qui commit presque autant de crimes qu'il remporta de victoires, qui fit tuer trois millions d'hommes et laissa la France amoindrie, épuisée, après l'avoir écrasée durant quinze ans.

Quant à Napoléon III, homme qui avait tous les vices du premier Napoléon, sans avoir aucune de ses qualités ; quant à Napoléon III, ce créateur du second Empire, voici comment seront intitulés les chapitres de son histoire :

Il fut toujours un homme sans principes et sans Dieu, et il fit ses premières armes, courut ses premières aventures et montra ses premières incapacités contre le Souverain-Pontife. Alors déjà il fut pris comme à Sedan et n'échappa que déguisé en curé.

Il porta le premier un coup funeste à la discipline militaire en provoquant des insurrections dans l'armée, d'abord à Strasbourg en 1836, puis à Boulogne en 1840.

Il prit les armes contre Louis-Philippe, qui pourtant était roi au même titre que lui, Napoléon, voulait se faire empereur.

Il médita longtemps à l'avance l'asservissement de la France.

Il prépara ses malheurs en mettant à la tête de nos armées des hommes vendus, en congédiant Changarnier, Lamoricière et d'autres encore ; en faisant l'expédition de Kabylie, pour donner à l'armée des officiers d'une valeur factice, comme l'ont bien prouvé les événements.

Il fit l'*atroce* coup d'Etat du Deux Décembre (Aug. Nicolas).

Il eut pour ennemis les Thiers, les Berryer, les Guizot, les Molé, les Montalembert, les Falloux, les Lamoricière, les Bedeau, les Melun, etc., etc., et tout ce que la France contenait de plus illustre et de mieux pensant.

Il livra la France aux mains d'un de Morny, élevé par la comtesse de Souza (c'est tout ce qu'on sait de son origine), grand spéculateur à la Bourse, célèbre par son habileté à faire fructifier les actions ; en tout, digne d'être une colonne d'un tel empire ;

Il la livra aux mains d'un de Persigny qui, de Fialin, devint duc, sénateur, membre du Conseil privé, après avoir pris une part active aux entreprises de Strasbourg et de Boulogne ;

Il la livra à un Fleury, dont la jeunesse fut si orageuse et si peu avouable, et la vieillesse si funeste ;

Il la livra à un Magnan, qu'il acheta pour quatre cent mille francs ;

Il livra les enfants de la France à un Duruy, matérialiste et athée, qui nous a donné la génération des pétroleurs.

Il gaspilla l'or de la France en donnant, par exemple, 229,500 fr. de traitement à un Vaillant, 148,000 à un Palikao, 119,000 à un Fleury, directeur des haras, etc., etc.

Il trahit le Pape ; il écrivit à Edgard Ney la lettre fameuse où il lui disait : « Je résume ainsi le rétablissement du pouvoir temporel du Pape : amnistie générale, sécularisation de l'administration, Code Napoléon et gouvernement libéral. »

Il disgrâcia le général Oudinot, parce que ce général, agissant en chrétien et en bon Français, rétablit le pouvoir du Pape sans conditions.

Il dénonça le Pape au Congrès de Paris ;

Il fit écrire et patronna la scélérate brochure du *Pape et le Congrès ;*

Il mit le plus possible d'entraves au recrutement de l'armée pontificale ;

Il fit tous ses efforts pour troubler l'organisation du denier de Saint-Pierre ;

Il fit tenir par les journaux officiels et officieux un infâme langage à l'occasion du baptême du jeune Mortara ;

Il fit composer par M. Mocquart, son secrétaire, l'immonde pièce : *La tireuse de cartes*, où il foulait aux pieds la dignité du Pape, et il applaudit avec l'impératrice à la représentation de cette pièce.

Il supprima l'*Univers* et d'autres journaux catholiques pour avoir osé, malgré l'index impérial, publier l'*Encyclique pontificale* et défendre la religion, et il *autorisa* la publication du *Temps*, de l'*Opinion nationale*, du *Siècle*, du *Réprouvé*, de l'*Excommunié*, et fit écrire dans le *Journal officiel* des articles d'un cynisme tel contre Pie IX, que le gouvernement pontifical crut devoir réclamer.

Il fut l'auteur du massacre des zouaves pontificaux à Castelfidardo ; car, le 4 septembre 1860, après avoir répondu à Cialdini, qui lui demandait la permission de dépouiller le Souverain-Pontife, après lui avoir répondu : « *Allez, et faites vite;* débarrassez moi de cette c... de n..., » il faisait un voyage en Algérie pour donner à Cialdini le temps d'accomplir l'œuvre de la spoliation; et il n'intervint que parce que l'opinion l'y obligea.

Plus tard, ce fut *malgré un contre-ordre* de Napoléon que le général Dumont vint soutenir à Mentana les héroïques défenseurs du Pape-Roi.

Il laissa vacants plusieurs siéges épiscopaux, parce que le Pape ne voulut pas approuver les sujets que présentait Napoléon.

Il décora des prêtres interdits par l'Evêque de Moulins, et d'autres encore, qui avaient attaqué la liturgie romaine.

Il empêcha en Algérie l'œuvre des Missions et le baptême des infidèles.

Il apporta tous les obstacles possibles aux missions de la Nouvelle-Calédonie, et en fit chasser les RR. PP. Guitta et Villard. Son ami, sa créature, le phalanstérien M. Guillin, y fit emprisonner plusieurs catéchistes, et fut sur le point de faire fusiller un chef de tribu qui parlait de se convertir.

Il remplit plusieurs bibliothèques populaires de livres condamnés.

Il refusa la monnaie pontificale, qui avait la même valeur que la sienne ; et il attendit que la France fût remplie de celle-là, afin d'ameuter la populace contre le Pape ;

Il protégea la franc-maçonnerie, en décora les chefs et entrava la Société de Saint-Vincent de Paul et l'Association pour la sanctification du dimanche.

Il éleva une statue à Voltaire ; il décora Renan, lui donna soixante mille francs pour faire sa *Vie de Jésus*, et le nomma professeur d'hébreu au Collége de France.

Il *voulut* le mariage *civil*, c'est-à-dire la cohabitation illicite de millions d'individus.

Il *légalisa* la position de ces milliers de prostituées qui inondent les villes de France, et surtout Paris, dont Trochu dut les chasser par multitudes au commencement du siége.

Il enrichit ses créatures avec l'argent de la France, en leur faisant acheter pour cent mille francs, par exemple, les *quartiers à démolir* dans Paris, et en les leur payant avec nos deniers le double du prix d'achat ; il fit ainsi une foule de Crésus et une multitude de misérables qui ne purent plus se loger dans les nouveaux palais.

Il transforma Paris avec l'argent volé à la Bourse. Ses hommes, pour s'enrichir mutuellement, faisaient donner *telle nouvelle* par l'*Officiel*, faisaient hausser..., baisser..., acheter..., vendre..., et une foule d'hommes, qui étaient misérables au 2 décembre, sont devenus dix, vingt, trente fois millionnaires. Qui nous dira le nombre des misérables faits par les spéculations de la Bourse ? *Il corrompit Paris et la France entière en faisant progresser chaque jour le luxe, les industries de luxe, la frénésie des spéculations à la Bourse...*

Il fit ainsi de Paris la sentine de l'Europe.

« Il a saturé ses sujets, dit un écrivain, d'orgueil envers Dieu et envers les hommes, de fautes, de luxure et d'ignoble repos, de tranquille mépris de la conscience et du devoir. Il leur a donné la raillerie, le vaudeville, le café-chantant, la danse obscène, tant qu'ils en ont voulu ; » il favorisa tous nos défauts et n'encouragea aucune de nos qualités.

Il corrompit la France en la livrant tout entière à des hommes sans probité et sans morale le plus souvent.

Il fit l'injuste expédition d'Italie, si funeste en conséquences pour nous et pour l'Italie.

Il dépouilla les princes légitimes d'Italie.

Il fit l'expédition du Mexique.

Il laissa tuer le Danemark et l'Autriche.

Malgré les avertissements de tout genre, il ne se prépara pas à une guerre inévitable et trompa la France.

Il corrompit l'armée par l'immoralité des promotions.

Il confia le commandement de nos armées à l'ineptie en personne et entrava l'action des généraux.

Il ne se battit pas : il se rendit en lâche et vendit son armée.

Napoléon a trahi notre honneur, qui n'est pas demeuré intact. Napoléon avait touché aux droits de l'Église et de la justice, et il en est mort.

..... Remontera-t-il jamais par lui ou par ses enfants sur le trône de France ?... Jamais, non, jamais ! S'il revenait, ce serait un signe que Dieu ne nous a point pardonné, parce qu'*un peuple mérite le gouvernement qu'il subit.* Oh ! nous nous convertirons en le repoussant pour toujours !

Voici maintenant quel est aujourd'hui, d'après un auteur, le bilan de la Révolution française, de quelque costume qu'elle se soit affublée.

Il est écrit : *On reconnaîtra l'arbre à ses fruits.* Écoutez quels sont les fruits des principes de 89, et applaudissez !

Cinq milliards à payer aux Allemands ;

Quatre milliards environ de frais de guerre ;

Une dette antérieure de quatorze milliards ;

Le territoire honteusement amoindri ;

La gloire passée détruite ;

Le désordre et la sédition partout ;

Le bon sens public plus amoindri que le territoire ;

La conscience générale plus dévastée que le sol, plus ruinée que le trésor, plus souillée que l'histoire.

Pour contre-poids, l'alliance politique, civile et religieuse de Garibaldi *Giuseppe*.

Voilà le bilan des immortels principes de 89, dans la quatre-vingt-deuxième année de leur règne. S'ils allaient toujours de ce train, que faudrait-il espérer de la France ?

CHAPITRE IV.

LE SALUT.

§ Ier.

L'unique sauveur.

Eh bien ! Français, le vide est fait autour de vous. Nous ne voulons pas de république, parce que nous ne sommes pas républicains ; parce que la république est impossible en France, et parce que c'est le règne du désordre et de la révolution.

Nous ne voulons pas de l'orléanisme, parce que c'est la révolution déguisée.

Nous ne voulons pas de l'empire, parce qu'il est aussi la révolution, parce que c'est la honte de la France aussi bien que sa ruine.

Mais où allons-nous donc ? Qui va donc nous sauver ? Sommes-nous destinés à disparaître dans un chaos sans lumière et sans guide ? Non, certes, nous ne voulons pas périr, et nous ne pouvons pas périr : je l'ai démontré plus haut. Eh bien ! qui va donc saisir la France par le bras et la remettre dans sa voie ? Quelle sera cette main assez puissante pour nous donner une légitime liberté sans nous laisser l'anarchie ? Français, disons-le, *c'est le roi légitime, le roi Henri V*.

Une considération doit nous frapper en ce moment : c'est que tout concourt en France au rétablissement de la monarchie. Ce ne sont pas les hommes qui conduisent les événements ; ce sont les événements qui conduisent les hommes. Nous n'avions pas été dégoûtés de l'Empire, parce qu'il nous semblait la personnification de la gloire française : et l'Empire s'effondre dans la honte, afin que nous n'en voulions plus à jamais ! *L'Empire s'est tué lui-même.*

Nous aimions la République, et la République a fait voir aux plus aveugles qu'elle est impossible, qu'elle est la tyrannie et non la liberté ; qu'elle est le chaos et la ruine de la France ; la République *s'est tuée elle-même*.

Un gouvernement bourgeois nous souriait ; mais les principes qui l'ont fondé, comme l'Empire, sont maintenant connus et abhorrés du grand nombre : c'est la *révolution*. La royauté de Juillet s'est *tuée elle-même*.

L'Internationale, la République universelle, était rêvée par la franc-maçonnerie et une foule d'aveugles ; et l'Internationale, en déshonorant, en saccageant Paris, en arborant à la tête de ses bataillons révoltés le hideux drapeau de la franc-maçonnerie, *s'est tuée elle-même.*

Supposez qu'un ange fût venu sur la terre pour arranger les choses de la politique et aplanir le chemin à nos vieux rois, cet ange n'aurait pas mieux agi que n'ont fait tous les scélérats de l'Empire, de la République et de l'Internationale. Tant il est vrai que *l'homme s'agite et que Dieu le mène, et que la raison finit par avoir raison et le* DROIT *par triompher.*

§ II.

La maison de France et le droit.

Cherchons donc en quoi consiste ce droit.

Nous l'avons déjà dit : « Dieu établit et dut même établir des gouvernements pour conserver la société et le genre humain lui-même, pour protéger l'individu contre les passions d'autrui : Dieu donna la loi naturelle, mère de toutes les lois. Il donna aussi des gouvernements à chaque peuple ; dans chaque peuple, il établit un ministre, un dépositaire *de ses droits.* Voilà pourquoi nous disons que *ces ministres, ces dépositair s* sont *de droit divin.* Voilà dans quel sens Dieu a dit : « Les rois règneront par moi ; c'est moi qui fais les souverains. »

Maintenant, comment connaîtrons-nous le dépositaire des droits divins ? Ecoutons le grand J. de Maistre : « L'homme ne peut faire de souverains. Tout au plus il peut servir d'instrument pour déposséder un souverain, et livrer ses Etats à un autre souverain déjà prince. Du reste, il n'a jamais existé de famille souveraine dont on puisse assigner l'origine plébéienne. Si ce phénomène paraissait, ce serait une époque du monde. — On peut réfléchir sur cette thèse que la *censure* divine vient d'approuver d'une manière assez solennelle. » (Il parlait de Napoléon Ier : que dirait-il maintenant ?) Mais qui sait si l'ignorante légèreté de notre âge ne dira pas sérieusement : « S'il l'avait voulu, il serait encore à sa place, » comme elle répète encore après deux siècles : « Si Richard Cromwell avait eu le génie de son père, il aurait fixé le protectorat dans sa famille, ce qui revient précisément à dire : « Si cette famille n'avait pas cessé de régner, elle règnerait encore. »

« Il est écrit : *C'est moi qui fais les souverains.* Ce n'est point une phrase d'église, une métaphore de prédicateur : c'est la vérité littérale, simple et palpable. C'est une loi du monde politique. Dieu fait les rois, au pied de la lettre. Il prépare les races royales ; il les mûrit au milieu d'un nuage qui cache leur origine ; elles paraissent ensuite, couronnées *de gloire et d'honneur ;* elles se placent, et voici le plus grand signe de leur légitimité : « *C'est qu'elles s'avancent comme d'elles-mêmes, sans violence d'une part et sans délibération marquée de l'autre ; c'est une espèce de tranquillité magnifique qu'il n'est pas aisé d'exprimer. Usurpation légitime me semblerait l'expression propre, si elle n'était point trop hardie pour caractériser ces sortes d'origines que le temps se hâte de consacrer.* » On ne saurait trop méditer ce passage du philosophe ; il est admirable.

Donc le droit divin se manifeste, non par des miracles, mais par des faits naturels, indépendants de la volonté humaine, même quand le souverain serait élu, parce qu'alors il y a des faits qui forcent, pour ainsi parler, la main aux électeurs.

D'ailleurs, la Providence y apporte vite sa censure. Depuis quatre-vingts ans, nous en voyons d'illustres exemples, qui nous dispensent de longues preuves. Le temps *se hâte* et vient apposer sur ce pouvoir le sceau de la prescription.

Il y a du reste des signes qui accompagnent presque toujours l'il-légalité d'un pouvoir. Ce sont des violences, des intrigues, des prin-cipes contraires à la loi de Dieu, des suites funestes pour les subor-donnés, qui attestent immédiatement une *usurpation illégitime*, surtout lorsque la durée ne légitime pas cette illégitimité.

` Quand un homme fait appel, par exemple, au suffrage d'un peuple et lui dit : « Peuple, tu es seul souverain ; tu ne dépends point de Dieu ; peuple, me voici pour faire ton bonheur ! » alors, soyez-en certain, ce pouvoir est illégitime, parce qu'il marche droit contre la loi qui légitime toute chose, contre la volonté divine.

La révolution est le contradictoire de la légitimité. Il s'agit ici de principes, qu'on le remarque bien, et non de faits. Les faits parti-cipent nécessairement à l'imperfection humaine ; les principes seuls sont absolument conformes au vrai, au bon, au beau. `

Et quand nous parlons de droit divin, ne l'oublions pas, nous disons que le sceptre est possédé de droit divin, et non pas l'Etat. Ici, il ne faut nullement nous laisser abuser par tous ceux qui nous demande-ront sans cesse s'il est possible qu'un ensemble d'hommes *appartien-nent* à un individu. Ces hommes ont besoin d'un pouvoir pour former un peuple, et ce pouvoir vient de Dieu, qui en fait dépositaire une famille, une assemblée si l'on veut. Voilà ce qu'il faut bien com-prendre pour ne pas se laisser aveugler.

Si maintenant nous appliquons ces principes à la cause du comte de Chambord, nous voyons comment il est seul *roi légitime*.

S'il est vrai que Dieu ait donné à chaque peuple une forme parti-culière de gouvernement, il est clair que la forme monarchique, hé-réditaire, est celle qui convient à la France.

Chez les Francs saliens, nous trouvons la monarchie héréditaire de mâle en mâle, d'aîné en aîné ; nous y trouvons également la re-présentation nationale, c'est-à-dire une assemblée de représentants nommés par la nation pour concourir avec le roi à la confection des lois, et en particulier des lois sur l'impôt, et le souverain ne pourra jamais violer ces lois. Tacite nous parle de cette constitution ; elle est exprimée dans notre loi salique, et tous ceux qui ont étudié cette grave question s'accordent à ce sujet.

Les Francs ripuaires, qui triomphèrent des Francs saliens, sous la seconde race, avaient également l'hérédité et la représentation na-tionale, mais avec cette différence que la nation pouvait choisir le nouveau roi parmi les fils du roi défunt. Quand arriva *légitimement* la troisième race, on revint à la loi salique, qui est la vraie loi natio-nale des Francs. Voilà les principes qu'affirment les *légitimistes* et les rois légitimes. Nous avons vu ce que disait Louis XVI ; le comte de Chambord le répète encore dans chacun de ses manifestes, dans chacune de ses lettres.

En 1789, la France entière s'expliqua de la sorte, tant il est vrai que ce sont nos lois nationales.

Et une preuve non moins évidente, c'est que la France n'a pas la paix depuis qu'elle a violé ces lois ; c'est que nul autre essai ne réussit.

Maintenant, si l'on demande comment la race *des Capets* est héréditaire de ces droits, nous répondrons : 1° Hugues Capet était fils de rois, et il héritait d'un sceptre ;

2° Il fut reconnu par une assemblée des grands, tenue à Noyon, ce que permettait la loi ripuaire ; et, d'un autre côté, Louis V, le dernier Carlovingien, ne laissait pas d'enfants ;

3° Il fut roi par adoption ; car Louis V institua Hugues Capet son héritier.

Voilà les titres du comte de Chambord, que nous saluons aujourd'hui du nom de Henri V, Dieudonné, Roi de France.

Voilà comment Henri V est le roi de France et non le roi d'un parti ; voilà comment ses droits sont ceux de la nation française, puisque, de par le droit *providentiel,* c'est l'union du prince légitime avec la France, qui doit former la nation française. Voilà ce qu'on ne saurait éluder.

On ne manquera pas de faire l'objection habituelle et de dire que les races de nos rois ont dû acquérir illégitimement la légitimité, puisqu'elles sont arrivées au pouvoir au détriment de la race régnante, ce qui est contraire aux principes mêmes des légitimistes.

La réponse n'est pas difficile, et elle a été donnée mille fois.

Il n'est pas vrai que la loi salique, dont nous avons parlé et que nous avons admirée en passant, ait été violée à l'avènement des deux races. L'histoire en fournit les preuves :

1° La race carlovingienne supplante la race mérovingienne. Cela est vrai. Mais la supplanta-t-elle en violant la loi salique ? Nullement. Les Francs neustriens, chez qui dominait la loi salique, furent vaincus par les austrasiens qui avaient la loi austrasienne ou ripuaire. D'après cette loi, le roi était élu parmi les plus dignes de la maison royale, sans qu'il fût question d'hérédité primogéniale. Les Francs neustriens, nos vrais ancêtres, les vrais Français, en baissant le front sous le joug des vainqueurs, acceptèrent, mais forcément et en protestant, la loi austrasienne. Mais ce principe révolutionnaire que contenait déjà la loi austrasienne fut cause de la chute rapide des Carlovingiens et ramena l'ancienne loi salique, qui était restée gravée en caractères indélébiles *ès cœurs des Français.* On le voit, tout cela n'est qu'une preuve, ajoutée à tant d'autres, que la loi salique est la vraie loi qui présida à la construction des assises de notre société, et qu'on ne peut l'anéantir sans anéantir notre édifice social.

Quant aux Capétiens, ils ne firent précisément que ramener la nation à cette tradition indestructible, appelée loi salique. Ils firent triompher la loi salique ou française sur la loi imposée par les austrasiens vainqueurs. Le droit salique, en effet, était toujours demeuré en vigueur dans cette famille, et ce fut d'après ce droit que Hugues Capet s'empara du sceptre. On objectera peut-être l'élection de Soissons ; mais ce ne fut là qu'une confirmation, et l'on n'en saurait conclure autre chose.

D'ailleurs, le droit ripuaire permettait la déposition de Charles-le-

Gros, et lorsque Eudes et ses successeurs furent élus, ils n'usurpèrent rien. Et, du reste, Louis V, en mourant sans héritier, reconnut par testament les droits de Hugues Capet. Ainsi rien de vrai, de rassurant comme le droit que fera triompher l'arrivée de Henri V, notre roi légitime. Si, d'ailleurs, on voulait un dernier argument contre toutes les objections, nous pourrions dire que des savants, comme de Monceaux, Guillaume de Nangis et de Pithieu ont cru et prouvé que les trois familles de nos rois n'en font réellement qu'une, parce que la maison de Bourbon, selon eux, descend de Pépin-le-Gros par son second fils, et que Pépin-le-Gros était l'arrière petit-fils de Blithilde, fille de Clotaire 1. On voit donc l'inanité des objections contre la loi salique, et en particulier contre le droit des Capétiens.

L'estimable auteur qui, d'après la *Revue des questions historiques*, nous a prêté la solution qui précède, finit en nous disant :

« Le jour de la vérité s'est enfin levé sur notre chère patrie. Ces choses qu'on ne comprenait plus depuis 89, tout le monde les comprend maintenant ; la sinistre lueur qui se dégage de nos catastrophes les illumine, hélas ! d'une trop douloureuse clarté. Le bien se trouve dans l'union des Français sur le terrain des vrais principes. »

Concluons donc bien vite au retour de notre roi légitime, le seul Sauveur de la France.

§ III.

Avantages de la monarchie légitime en France.

Outre notre expérience particulière, outre la démonstration que nous en donne notre raison et la nature entière, l'histoire universelle nous prouverait que la monarchie est le plus naturel des gouvernements. Tous les Etats, même les Etats républicains, ont commencé par être des royaumes ou bien des dépendances de royaumes. On ne saurait donner un seul exemple contraire. Dans l'antique Orient, en Grèce, en Egypte, en Italie, en Europe, en Amérique, il en a toujours été ainsi. La République n'est jamais arrivée qu'en second lieu, et il a toujours fallu la main d'un roi pour former une société, et d'un roi parlant au nom de Dieu (1). Voilà un fait immense qui prouvera à jamais que la monarchie est la forme la plus naturelle du pouvoir.

Par conséquent, c'est aussi la forme la plus durable ; car rien n'est durable que le naturel. C'est aussi la plus forte, d'abord, parce que c'est la plus naturelle et la plus durable, ensuite, parce qu'elle est la plus opposée à la division, qui est la ruine des Etats, selon cette parole deux fois divine : « *Tout empire divisé s'écroule.* »

La monarchie héréditaire, d'aîné en aîné, a encore cet immense avantage qu'elle s'éloigne le plus du principe révolutionnaire ; qu'elle écarte les prétentions, les luttes, les partis, les divisions, c'est-à-dire le grand principe de mort.

Et dans les Etats militaires, dans les Etats où il convient que le

(1) C'est presque le Roi très-chrétien.

souverain se montre sur les champs de bataille, il importe immensément, comme le veut notre loi salique, que le sceptre ne puisse
tomber entre des mains qui ne sauraient porter l'épée. Voilà pourquoi
les femmes doivent être indispensablement exclues.

La monarchie sous cette forme a encore l'avantage de se perpétuer
d'elle-même, et de fermer le plus possible la porte à toutes les cabales,
à toutes les intrigues ; l'avantage d'attacher le plus à l'Etat ceux qui
conduisent l'Etat, et de faire que jamais la cause du roi ne soit différente de celle de la nation : scission funeste qui nous a valu tant
de malheurs !

Enfin, le dernier avantage qu'offre une monarchie héréditaire, c'est
que la maison régnante s'élève, s'ennoblit avec la suite des siècles ;
qu'elle inspire de plus en plus le respect aux sujets et écarte les attaques de l'ambition. Ceci est une des grandes raisons pour lesquelles
il est si difficile de fonder une dynastie. Commencer : voilà la difficulté, l'impossibilité pour les usurpateurs (1).

Mais, outre ces avantages généraux, il est d'autres raisons pour
nous de rappeler sur le trône de France le représentant de la maison
de France. Nous allons en développer quelques-unes.

§ IV.

Gloire de la maison de France.

C'est Châteaubriand qui va commencer ce chapitre. Entendez ce
grand royaliste qui, lui aussi, est une de nos gloires, et qui a le droit
de discuter ce qui peut sauver, illustrer la France, ce qui peut lui
rendre son antique splendeur.

« Quand il n'y aurait, dans la France, que cette maison de France
dont la majesté étonne, encore pourrions-nous, en fait de gloire, en
remontrer à toutes les nations et porter un défi à l'histoire. Les Capets
régnaient alors que tous les autres souverains étaient sujets.

« Les vassaux de nos rois sont devenus rois ; les uns ont conquis
l'Angleterre, les autres ont régné en Ecosse ; ceux-ci ont chassé les
Sarrasins de l'Espagne et de l'Italie ; ceux-là ont formé les Etats
du Portugal, de Naples et de Sicile. La Navarre et la Castille, les
trônes de Léon et d'Aragon, les royaumes d'Arménie, de Constantinople et de Jérusalem ont été occupés par des princes du sang
capétien.

« En 1830, plus de quinze branches composaient la maison de
France, et cinq monarques de cette maison régnaient ensemble dans
six monarchies diverses, sans compter un duc de Bretagne et un duc
de Bourgogne. En tout, une seule famille a produit cent quatorze

(1) « Bien qu'elle fût contraire aux mœurs de l'époque, dit H. de Riancey, qui partout
admettait les femmes à l'exercice de la souveraine puissance, elle avait pour base un principe
profondément national. Elle écartait du trône tout étranger qui eût voulu y arriver par suite de
mariage ; elle conservait le sang de la dynastie française parfaitement pur, et sans mélange; elle
réservait une couronne inviolable à la race de ses princes, sans les empêcher d'atteindre aux
couronnes étrangères qui, flottant entre les familles princières, pourraient, dans la suite des
temps, s'arrêter sur leur tête. C'est la stricte observation de cette loi en France qui fait la première garantie de son unité et de son indépendance ; c'est sa violation dans les autres pays qui
a donné à des princes français presque tous les sceptres de l'Europe. »

souverains : trente-six rois de France depuis Eudes jusqu'à Louis XVIII, vingt-deux rois de Portugal, onze rois de Naples et de Sicile ; quatre rois de toutes les Espagnes et des Indes ; trois rois de Hongrie ; trois empereurs de Constantinople ; trois rois de Navarre de la branche d'Evreux et Antoine de la maison de Bourbon ; dix-sept ducs de Bourgogne de la première et de la seconde maison ; douze ducs de Bretagne ; deux ducs de Lorraine et de Bar.

« Il faut se représenter dans cette nation, plutôt que dans cette famille de grands rois, une foule de grands hommes. Ces souverains nous ont transmis leurs noms avec des titres que la postérité a reconnus authentiques ; les uns sont appelés : Auguste, Saint, Pieux, Grand, Courtois, Hardi, Sage, Victorieux, Bien-Aimé ; les autres : Père du peuple, Père des lettres.

« Comme il est écrit par blâme, dit un vieil historien, que tous les bons rois seraient aisément pourtraicts en un anneau, les mauvais rois de France y pourraient mieux, tant le nombre en est petit ! »

Avec cette famille royale, les ténèbres de la barbarie se dissipent, la langue se forme, les lettres et les arts produisent leurs chefs-d'œuvre, nos villes s'embellissent, nos monuments s'élèvent, nos chemins s'ouvrent, nos ports se creusent, nos armées étonnent l'Europe et l'Asie, et nos flottes couvrent les deux mers. Ajoutez plus de mille ans d'antiquité à cette race, et vous aurez réuni les titres de la plus haute illustration.

C'est là, on l'avouera, une magnifique énumération ; et, au milieu de nos hontes, il serait patriotique de n'accepter pour roi que l'homme sur le front duquel viennent se réfléter toutes ces grandeurs.

Si la France le rappelait, ce serait pour elle un retour à la plus pure de ses gloires. Quoi qu'on en dise, une nation est toujours fière d'avoir à sa tête un souverain illustre. Il semble même que la plus simple raison doit rester convaincue d'une chose : c'est que, si pour reprendre son prestige au milieu des nations, notre patrie doit s'appuyer sur quelque noble bras, il ne saurait être que le bras dans lequel coule un sang si généreux et qui a tant fait dans le passé. Sans mentir, nous pouvons avoir autant de confiance dans Henri V que dans un *Léon* Ier ou centième du nom.

§ V.

La maison de France et ses amis.

C'est bien ainsi, du reste, que l'ont compris tous les grands Français de nos temps. On les a vus s'éloigner avec dégoût d'un trône usurpé, attendre patiemment le triomphe du droit et accabler de tout leur mépris le triomphe de l'astuce, de l'hypocrisie et du parjure. Et quels étaient ces hommes, ces amis d'un roi exilé qui, durant tant d'années, sembla à jamais exclu du territoire de la France ? Ces hommes étaient les Chateaubriand, les de Maistre, les de Bonald, les Berryer, les Walsh, les Laurentie, les Villemain, les Charette, les Cathelineau, les Stofflet, les de Valory, les de Bourmont, et cent autres hommes de grand cœur et de grande intelligence ; c'étaient ces Vendéens, ces Bretons qui ont couvert de leurs cadavres tous nos derniers champs de batailles ; c'étaient ces prêtres, si calomniés, si insultés, si outragés, et qui pourtant savent si bien mourir et servent tant à la patrie ; c'étaient une foule d'honnêtes gens, calmes, bien pensants, braves, instruits, héroïques ; c'étaient ces hommes sur lesquels, seuls, la France compte en ce moment.

Il y a une grande conclusion à tirer de ce fait ; la voici : toutes les fois qu'une cause se trouve méprisée par cette classe la plus honnête, la plus instruite, la plus brave de la société, soyez certains que cette cause est mauvaise. Le drapeau qu'abandonnaient les plus honnêtes gens parmi les hommes qui comprennent, est un drapeau souillé, et ce fut le drapeau de Napoléon.

Mais, quand un nom est défendu par ces mêmes honnêtes gens, soyez certains que ce nom est honorable.

Je ne rappellerai pas ici que le jugement porté par les hommes religieux est d'un poids immense, quoi qu'on en dise ; il nous suffira de savoir que tout ce que la France a eu de vertu et de génie en ce siècle s'est éloigné avec répugnance du régime déchu, et, à quelques malheureuses exceptions près, demeura fidèle à la cause désespérée d'un *roi fugitif*.

Nous en avons fini avec cette pitoyable *médiocratie* d'un Napoléon III, également haïe des bons et des méchants, inutile à tout, excepté à la révolution, qui pourtant ne pouvait lui en savoir gré, parce qu'on se servait de ses triomphes pour s'imposer à la France. Afin de conserver intact leur honneur, les hommes qui ont un nom pur devaient dédaigner la faveur d'un tel souverain ; quant aux scélérats, ils devaient encore l'abhorrer, d'abord par principe, ensuite parce que leur haine était réellement légitime. Eh bien ! ce règne est fini, bien fini ! Le droit va ramener la justice dans le cœur de la France, le droit que Dieu ne laisse jamais sans couronne, quelquefois même dès ce monde. Honneur à vous, cœurs généreux, âmes nobles qui n'avez pas faibli dans votre amour pour la sainte cause du droit : vous avez ici, comme en face de l'ennemi, sauvé l'honneur de la France.

§ VI.

La maison de France et la Religion.

La monarchie légitime représente donc la gloire de la France : elle représente aussi sa religion, cette religion dont nous avons tant besoin, dont l'oubli a fait toutes nos calamités. Nos vieux rois ont été chassés dès que nous avons eu abdiqué nos principes religieux ; ils reviendront, rapportant dans les plis de leur manteau le grand triomphe de cette même religion parmi nous.

Les princes de France ont été les chevaliers de la Papauté. Est-ce que le retour de leur successeur ne serait pas l'abdication de cette politique athée et hypocrite de notre ex-empereur, qui livra le Pape aux juifs du Piémont ; de cette politique qui nous a valu les catastrophes de Sedan, de Metz et de Paris ?

C'est que tous les droits doivent se soutenir mutuellement : le droit qui ne soutient pas le droit, selon son pouvoir, est un droit égoïste et lâche, de même que l'honnête homme qui n'ose pas combattre pour la justice est un apostat de la justice.

Sous ses rois, la France a parcouru la voie de ses séculaires destinées ; elle s'est couverte de gloire et d'honneur aux yeux de l'univers, par son rôle de protectrice du plus grand des droits.

Il n'est pas une lutte plus noble que celle qu'un peuple soutient pour la justice. C'est le dévouement dans sa plus haute manifestation ; c'est un martyre dont ce peuple reçoit toujours en ce monde d'illustres récompenses. Or, quel droit plus resplendissant que le droit des Souverains-Pontifes dans leurs États? Un Pape même n'en est pas le possesseur! En montant sur son trône, en prenant la tiare, il jure de ne pas livrer son diadème de souverain temporel, parce qu'il ne reconnaît pas le droit de la force brutale, parce qu'il veut demeurer libre dans l'exercice de son pouvoir spirituel, parce qu'il ne veut pas que sa houlette soit toujours exposée à être gênée ou brisée par le sceptre d'un roi sans foi et sans Dieu, parce que la loi de Dieu ne doit pas dépendre d'un décret royal, parce que la parole divine ne saurait être à la merci d'un caprice ministériel. Dieu l'a voulu ainsi, quand il chassa les aigles romaines vers le Bosphore pour faire place et laisser Rome au successeur de saint Pierre. Pépin le Bref, Charlemagne et leurs imitateurs *accomplissaient les gestes de Dieu*, quand, d'un coup d'épée, ils anéantissaient les ennemis de ce trône.

Et d'ailleurs, au nom de quel droit dépouille-t-on le Souverain-Pontife? Qu'il se montre, le roi maintenant régnant qui pourra légitimer aussi bien que le Pape sa prétention au bandeau royal? Pourquoi donc ne règnera-t-il pas sur ses sujets? Est-ce parce qu'il est plus faible? Parce qu'il n'a ni canons ni armées? Ah! dans ce cas, le roi d'Italie peut trembler; car viendra le jour où il aura un ennemi plus fort que lui, où il aura sur son chemin un roi qui possèdera plus de canons et plus de régiments! Il peut trembler qu'alors on n'invoque, en l'imitant, le droit du plus fort.

Nous disons donc que le rétablissement du domaine temporel des Papes est nécessaire au bien de la religion, parce que la religion doit être libre ; nous disons que, sans la religion, il n'y a pas de société possible ; nous disons qu'Henri V peut seul détruire l'œuvre de la révolution en Italie, parce que, lui, il est l'anti-révolution même ; et nous concluons qu'en voulant seul le triomphe de la royauté du Pape, et par là le triomphe de la religion, il veut seul réellement le salut de la France ; car la France ne peut pas vivre en dehors de sa religion et de sa mission.

§ VII.

La maison de France a fait la France.

Et puis, ne l'oublions pas, quand la France rappellera à sa tête le fils de saint Louis, elle accomplira un grand acte de reconnaissance, parce que ce sont les Capets qui l'ont faite. La République, l'Empire, la Royauté de Juillet ont passé tour à tour sur notre patrie ; ils l'ont torturée et massacrée, et, pour toute récompense, la République lui a donné une province ; la Royauté de Juillet ne lui en a point donné ; l'Empire, lui, a honteusement amoindri son territoire. Mais qui donc a créé cette nationalité puissante, indestructible comme l'airain ? quelle est cette main ferme et habile qui a rassemblé tous les membres de ce corps si vigoureux, que la Prusse a dû saigner pour venir à bout de le mutiler ? Qui a pu accomplir cette merveille ? On l'ignore, on ne le demande pas de nos jours, où les politiques, les hommes d'Etat, les Richelieu, les Mazarin, les héros et les grands souverains usent les pavés de nos rues. Chaque matin nous sommes occupés à porter nos regards vers l'horizon brumeux où siége le gouvernement, pour savoir si ce gouvernement vit encore, et si, depuis la veille, on n'a pas changé de président, de roi, d'empereur, de cabinet ! Voilà notre préoccupation continuelle. Crise hier, crise aujourd'hui, crise demain, crise toujours et partout, puis arrive la crise suprême qui tue les peuples. Dès lors on n'a pas le temps, pas même la pensée de se demander comment il se fait que nous sommes la France : eh bien ! le voici.

L'Ile de France, l'Orléanais, la Picardie ont formé le centre, autour duquel se sont groupés dans les âges suivants toutes les autres provinces françaises. Ce fut le *firmamentum* de notre unité. Robert le Fort les reçut en patrimoine, et ce patrimoine de la race de nos rois portait le nom de Duché de France, et les seigneurs de ce duché s'appelaient Robert de France, Eudes de France, Hugues de France. Cette noble race avait, plus d'une fois déjà, sauvé la France ; et, selon Chateaubriand et l'histoire, elle avait versé son sang pour la France, avant que les Français versassent le leur pour elle. Chateaubriand eût pu dire *pour elle* et *avec elle*. Quand Louis XIV disait : « La France, c'est moi, » il n'est pas allé trop loin, s'il a voulu dire seulement : « La France, ce sont mes ancêtres qui l'ont faite, qui l'ont agrandie, ennoblie, civilisée ; c'est par mes ancêtres et par moi qu'elle est devenue la plus illustre des monarchies ; qu'elle a marché à la tête des peuples, qu'elle a pris le pas sur tous les autres. » Rien n'est plus vrai que ceci, à savoir qu'on ne peut séparer la gloire de la France de celle de la maison de France ; que nos anciens rois furent les plus grands qu'on rencontre dans l'histoire. Parce qu'ils furent rois de France, on ne doit pas moins avouer que la France fut faite si grande, uniquement par ses rois.

Voici, du reste, les Capets à l'œuvre ; lisez : Philippe Ier consacre le fruit de ses économies à l'achat du Berry. Il l'achète du vicomte de Bourges en 1110 et le réunit au Duché de France.

Philippe-Auguste arrache la Normandie aux Normands, ou plutôt aux Anglais par deux guerres cruelles. Le vainqueur de Bouvines s'empare encore de la Touraine, qu'il enlève également à l'ambition des Anglais.

Saint Louis confirme à la France la possession de ces conquêtes que lui assura plus tard la bataille de Formigny, gagnée par Dunois, le compagnon de Jeanne d'Arc, le général de Charles VII ;

Philippe III le Hardi, Jean II, Charles V le Sage, après une longue série d'efforts, donnent le Languedoc à la France.

Philippe-le-Bel et Louis X le Hutin lui lèguent la Champagne et le Lyonnais.

Philippe IV lui acquiert le Dauphiné.

Charles V le Sage lui ajoute le Limousin, l'Angoumois, le Poitou, la Saintonge et l'Aunis.

Charles VII, accablé par ses revers, abandonné des hommes et protégé par Jeanne d'Arc, ajoute aussi un fleuron à la couronne de la France : la Guyenne et une grande partie de la Gascogne.

Louis XI, sans verser une goutte de sang, s'empare de la Bourgogne, de l'Anjou, du Maine et de la Provence.

Charles VIII conquiert la Bretagne.

François Ier, *celui qui perdit tout, fors l'honneur,* étend son sceptre jusque sur la Marche, l'Auvergne et le Bourbonnais. Quand arriva au trône Henri IV, de la branche des Bourbons, *branche la plus glorieuse de la maison de France*, il apporta à son royaume l'héritage de ses pères : le Béarn, le comté de Foix et une portion de la Gascogne.

Louis XIII enlève l'Artois, le Roussillon aux Espagnols et l'Alsace aux Allemands.

Louis XIV, le grand roi, assure à notre pays les conquêtes de Louis XIII, et y ajoute la Flandre, la Franche-Comté, le Nivernais.

Louis XV nous assure la Lorraine et la Corse.

Alors arrive Napoléon Ier, qui ensanglante la France et le monde ; puis ce grand génie de la guerre, cet homme que Dieu infligea à l'Europe pour la châtier, va expirer dans une île lointaine, laissant une France meurtrie, une France qui, de toutes ses victoires, ne gagnait pas *un pouce de terrain, pas une pierre de forteresse.*

Louis XVIII monte sur le trône de ses pères, et empêche que les départements du Nord, des Ardennes, de la Meuse, de la Moselle, du Bas-Rhin ne soient arrachés à la France.

Charles X lui succède ; et, avant de prendre la route de l'exil, il lègue encore à la France l'Algérie, et la révolution ne lui laissa pas le temps de lui donner la Belgique. C'est Louis Blanc lui-même qui l'avoue.

La Royauté de Juillet, la République, l'Empire se succèdent et nous laissent la France mutilée.

Encore une fois, la monarchie légitime donna à la France quatre-vingt-cinq départements et demi ; la république un demi-département ; l'Empire lui donna la Savoie et Nice ; mais, en compensation, il lui a fait perdre l'Alsace et la Lorraine. (Charles Garnier.)

Répondez maintenant, n'est-il pas vrai qu'en un sens, notre roi Henri V a le droit de dire : « La France, c'est moi ? » N'est-il pas vrai qu'il serait juste de laisser régir la France par le fils de ceux qui l'ont faite ? Ainsi, tout Français fidèle au fils de nos antiques rois qui ont fait la France, montre toute la noblesse dont fait preuve l'homme reconnaissant *envers le père de la patrie ;* et même, nous allons l'établir, il fait preuve du plus grand patriotisme.

§ VIII.

La maison de France et le patriotisme.

Un jour, Louis XIV, croyant que la victoire était lasse de couronner les cheveux blanchis d'un vieux roi, dit à Villars : « Allez, Monsieur le maréchal, je vous confie ma dernière armée ; si vous êtes battu, retirez-vous derrière la Somme, et écrivez-moi ; mais à moi seul. Je monterai à cheval ; et, votre lettre à la main, je parcourrai les rues de Paris. Mon peuple me suivra, et nous irons mourir ensemble !... »

Grand roi de France, pourquoi parliez-vous d'exposer votre front déjà glacé sous la neige des ans et d'entraîner à la mort avec vous vos sujets de Paris ? Est-il nécessaire de le demander ? C'est qu'alors n'était pas éteinte la flamme sacrée du patriotisme : c'est qu'alors on avait à défendre un foyer, des lois, un autel, tandis qu'en nos jours on n'a plus ni foyer, ni lois, ni autel, ou bien un foyer sans lois, des lois sans autel. Mais les lois sans autel sont la tyrannie, le foyer sans lois et sans autel n'est qu'une tanière où croissent les monstres futurs de la société.

Qu'est-ce donc que la patrie, ce mot qui fait battre tous les nobles cœurs ? Quelle est cette puissance mystérieuse qui précipite un peuple tout entier, fût-il sans armes, sans vivres, sans chefs, qui le précipite contre le flot barbare de l'invasion ? Quelle est cette grande chose que tous les hommes de tous les temps ont vénérée, respectée et défendue au péril de leur vie, et qu'on n'a osé attaquer et vouer au mépris qu'au xixe siècle, au siècle des lumières, du progrès, ou, mieux, au siècle des grandes scélératesses, des grandes hontes, des grandes lâchetés ?

Qu'est-ce que la patrie ?

La patrie, c'est ce qui fait l'individualité d'un peuple. C'est un sol qui lui appartient et qui n'appartient pas à un autre ; c'est une origine, ce sont des lois fondamentales, à lui particulières ; c'est une communauté d'intérêts sauvegardés par des principes gravés ou plutôt innés dans l'âme de ce peuple, et, pour ainsi dire, plantés dans le sol avec ce même peuple.

La patrie vient de Dieu, parce que c'est Dieu qui a conduit chaque peuple dans sa *terre promise*, parce que c'est Dieu qui lui a donné ces grands principes, ces lois fondamentales qu'il ne saurait violer sans se suicider ; parce que c'est Dieu qui met dans les nobles cœurs, dans les cœurs religieux surtout, cette grande passion qu'on appelle l'amour de la patrie.

Je dis que les *cœurs religieux surtout* connaissent cette passion. Il ne serait pas difficile de prouver que le vrai patriotisme n'est que là. Et, en effet, le patriotisme, c'est l'amour de son pays, même au détriment des biens particuliers de l'individu. Or, cette absence d'égoïsme ne se trouve que dans l'homme religieux. Cela est incontestable pour celui qui examine les faits et leurs causes.

On citera *de beaux exemples* contre cette vérité : mais, pour que ces exemples soient une objection, il faut démontrer que les actes héroïques dont on veut parler ont pour principe l'amour de la patrie, le seul amour de la patrie. Or, ce mobile n'existe que dans un cœur ennobli par la religion, que la religion a purgé de l'orgueil, de l'ambition, de la mauvaise foi, de l'hypocrisie et de toutes les autres passions qui déshonorent tant de *héros*. Je n'ignore pas qu'on est convenu d'appeler patriotisme tout dévouement contre l'ennemi ; mais combien ce dévouement est menteur le plus souvent ! Depuis Napoléon Ier jusqu'au régime actuel, bien peu de nos gouvernants ont été réellement animés par le vrai et sincère patriotisme. On ne peut en excepter que ces rois qui régnaient par droit, ces rois les fils des premiers, des plus grands Français, des créateurs de la France, et qui nous sont revenus pour faire encore du bien à notre pays en défendant son sol, en rétablissant ses lois fondamentales, ces deux choses qui font la patrie.

Nous savons que tous les autres, présidents, empereurs, rois, ministres qui nous ont gouvernés, ont été conduits par l'ambition personnelle et non par l'ambition d'agrandir et de sauver la patrie ; nous l'affirmons, parce qu'ils ont rompu avec la religion qui fait la patrie, parce qu'ils ont ensanglanté la France pour dominer en dehors de la France comme en France même ; parce qu'ils ont violé le droit et la légitimité qui font la France, parce qu'ils ont par là même conduit sciemment la patrie à sa perte. Et ici les faits sont parlants. Qui croira, par exemple, que Napoléon Ier n'a eu que l'amour de la France pour mobile? Qui le croira de Louis-Philippe? qui le croira de nos républiques? qui le croira de Napoléon III? qui le croira de Gambetta? etc. L'un veut satisfaire une ambition effrénée ; l'autre veut s'enrichir et contenter une folle vanité ; celui-ci veut conserver un trône, coûte que coûte, dût-il ne régner que sur un peuple fétide de corruption ; celui-là veut remplir ses coffres avant d'abandonner le peuple qu'il a trahi ; en un mot, un empereur dit : « Périsse la France plutôt que l'empire ; un républicain, périsse la France plutôt que la république. » Ce sont les axiomes des usurpateurs.

Et pourquoi parle-t-on ainsi? parce que, de toutes ces formes de gouvernements, aucune ne sort des entrailles mêmes du pays ; parce toutes lui sont imposées ; parce que ces présidents, ces empereurs, ces rois bourgeois, élevés par le suffrage universel, ne sont que des hommes plus habiles que d'autres, des hommes égoïstes qu'un succès passager, une intrigue bien conduite, des parjures amènent au pouvoir, et qui tombent dès que le succès finit, dès que l'intrigue se dénoue, dès que le parjure se montre. Comment donc chercher dans de tels cœurs le vrai patriotisme? Comment y existerait-il? Leur situation même les empêche d'aimer le pays, parce qu'entre le pays et eux il y a scission, méfiance, pour ne pas dire haines et colères. Il n'en saurait être autrement lorsqu'on se fait homme de parti. *Le patriotisme, c'est l'amour de son pays et non de soi-même.*

Oh! puisqu'il s'agit de patriotisme, oublierai-je de parler des Alsaciens et des Lorrains, nos frères, qui ont encore le regard tourné vers la France, suivant avec inquiétude et impatience l'œuvre de la résurrection de notre pays, et attendant le moment qui rompra leurs chaînes? L'un de leurs premiers et de leurs plus passionnés amours, c'est l'amour de la France, et chaque jour ils en donnent des témoignages nouveaux. Voyez-les, saluant, les larmes aux yeux, le retour de nos soldats prisonniers, courant en foule à leur rencontre, trouvant assez de courage pour lever, en faveur des soldats de la France et contre leurs insolents vainqueurs, un bras chargé de liens et sans glaive ; puis, au moment du départ, criant à leurs frères ce sublime : « Au revoir! au revoir! » Voyez-les faisant leur possible pour ne pas faire usage de l'or que la Prusse a volé à la France ; voyez-les également insensibles aux caresses et aux menaces de nos ennemis, qui sont encore les leurs ; voyez-les envoyant à notre Assemblée Keller le catholique et le grand patriote. L'amour de leur patrie, c'est une force de leur vie. Au fond de leur cœur, ces dignes enfants des Kléber et des Lefebvre, ces dignes compatriotes des Keller et des Freppel, ont élevé un autel à la patrie, sur lequel ils offrent à l'image de la France l'hommage de leur invincible attachement. Ils se souviennent d'avoir combattu et triomphé avec la France ; ils se souviennent que leurs pères furent de grands Français, et, après deux cents ans de gloire, ils ne quitteront pas leur mère pour un jour de revers. Que dis-je ? Le malheur a raffermi leur patriotisme ; car les cœurs les plus attachés sont ceux qui ont saigné ensemble.

O Bismark, en vain parleras-tu de langue, d'origine ; en vain parles-tu de populariser ton nom chez tes nouveaux sujets ; en vain crois-tu les retenir par la force ; tous tes sophismes sont-ils plus forts que l'amour? Non, l'amour est plus fort que la mort, et un jour viendra où l'Alsace et la Lorraine, ces nobles filles de la France, se lèveront d'autant plus terribles que tu les auras plus injuriées, que tu auras plus injurié la mère ; et la mère, sois-en convaincu, se vengera d'une manière effroyable. Si jamais le petit-fils de Louis XIV prend dans sa main l'épée de son aïeul, tu sauras ce qu'il en coûte de triompher avec trop d'insolence.

Ainsi, rien n'est vrai comme cette proposition : un homme sans principes politiques et religieux est par là même sans patriotisme. Demandez plutôt cela à l'histoire de notre dernière guerre. Elle vous montrera sans doute de beaux dévouements sous tous les drapeaux : mais montrez-nous des impies, des hommes sans Dieu, affrontant la mort et la subissant comme l'ont affrontée ou subie les de Luynes, les de Sabran-Pontevès, les marquis de Sabran, les de Charrette, les Rougé, les de Bastard, les de Mauny, les de Grancey, les de Conessin, les Juigné, les de Castellanne, les de Montesson, les Gontaud-Biron, les héroïques frères du Bourg, les deux Montesquiou, les deux Brissac, les de Rouillé, les de Vertamont, les de Beaufort de Pracontal, les Roger de Terves, les de Sapinaud, les de Gouzon-Matignon, les de Lentilhac, les de Gironde, les de Fumel, les de Monbel, les Montagné, les Bénezet, les de Rességuier, les d'Harcourt, les Rohan-Chabot, les Talleyrand, les Polignac, les Latour-du-Pin, les Dampierre, les Cazenove, les de Clermont-Tonnerre, les d'Imécourt, les Villeneuve-Bargemont, les Biencourt, les Fitz-James, les de Fabry, les de Latoquenay, les de Montecuit ! Qu'on nous montre dans les rangs de l'athéisme des hommes comparables à ce de Sonis, qui obtient à grand'peine de quitter l'Afrique pour se battre en France; qui, à son départ, écrit : « En partant pour l'armée, je me *condamne à mort*; Dieu me fera grâce s'il veut ; *mais je l'aurai tous les jours dans ma poitrine, et vous savez bien que Dieu ne capitule jamais ! Jamais !* » (Oh ! *l'étoile* FILANTE de M. Gambetta !!); un homme comparable à ce de Sonis qui a si bien tenu parole ! Qu'on nous montre dans les rangs républicains et athées un homme semblable à cet officier des zouaves pontificaux qui, frappé à mort, crie aux siens : « Jurez tous de mourir *pour Dieu et la patrie*, » et auquel tous répondent : « Nous le jurons, nous le jurons? »

Qu'on nous montre un département de la France où la population se soit levée tout entière au premier signal, comme *le peuple de géants*, le peuple vendéen et breton. Du premier au dernier, tous étaient debout autour des Charrette, des Cathelineau, des Stofflet, des Kérigant. Ils firent un appel aux volontaires croyants de toute la France. On vit alors accourir des religieux, des séminaristes. Ils partirent avec quarante cavaliers pour éclaireurs, avec leur patriotisme, leur religion et leur honneur pour sanction disciplinaire, avec l'héroïsme dans l'âme ; et ils allèrent accomplir des prodiges à Beaugency, à Bapeaume, à Brie, à Champigny, au Mans, selon le rapport du général en chef, à Orléans, à Patay : à Patay, où le brave sergent-major Landeau, voyant tomber à ses pieds M. de Vertamont, qui tenait le noble étendard, l'arracha aux mains de l'ennemi et mérita d'être nommé lieutenant sur le champ de bataille, par le commandant d'Albiousse (raconte Henry de Saint-Léon). Aux environs du Mans, ils se firent hacher pour sauver notre artillerie ; et, du premier bataillon, il resta quatre-vingt-cinq hommes capables de continuer la lutte. Là, de Bellevue reçut une balle en pleine poitrine ; du Bourg et Belhomme furent frappés à la tête ; le général de Charrette, dont la blessure était encore saignante, revint à la tête de ses braves ; le commandant de Charrette eut la cuisse labourée par une balle ; et des milliers d'autres héros versèrent leur sang sur tous nos champs de carnage. Qu'on nous montre dans les rangs de l'athéisme des soldats comme ceux-là, comme ces représentants de la bravoure et de l'honneur français ; et alors nous ne dirons plus que la religion seule fait les vrais héros. Qu'on nous montre encore dans ces mêmes rangs des cœurs généreux comme ceux des Mac-Mahon, des Trochu, des Ducrot, des d'Aurelles, des Keller, et nous crierons, nous aussi : Il y a des héros sans Dieu, c'est-à-dire que, sans Dieu, des hommes savent mourir pour le pays, n'étant poussés ni par l'intérêt particulier, ni par l'amour de la gloriole, ni par aucun mobile égoïste. Mais, hélas ! dans les rangs adversaires, nous voyons surtout des *pétroleurs* et des *pétroleuses* (pardon, lecteur), des assassins, des scélérats, des Dombrowski, des Rochefort, des Millière, des Mégy, des Flourens, des Matthieu, etc., etc., des hommes perdus, capables de conduire au pillage une foule éhontée, puis de se cacher partout et toujours, pour s'enfuir dès que le moment sera propice, après s'être chargés de richesses volées.

La démonstration est évidente et claire. Il est inutile de l'étendre.

Les faits crient plus haut que les livres. Encore une fois, nous le répétons, la source du véritable héroïsme n'est que dans les vrais principes religieux et politiques. Du reste, ce phénomène, au fond, n'a rien d'étonnant. Il est naturel à un bon citoyen d'aimer le sol où il naquit, où il a un berceau, un foyer, un autel, un tombeau à défendre ; des gloires, des souvenirs à respecter et à faire respecter ; où il a des principes de grandeur, des lois essentielles d'existence à faire vivre et fleurir ; en un mot, un pays, un roi auquel il est attaché par son présent, son passé et son avenir ; des lois indispensables qui peuvent seules lui sauvegarder ces trois choses. Au contraire, un homme qui n'a rien à protéger, ni honneur, ni biens, ni gloire, qui ne peut vivre que par le désordre, ne s'inquiète guère d'une patrie quelconque, et peu lui importe le sol qu'il foulera, les lois qu'il aimera ; pour lui tout est confondu dans un égal mépris, dans une haine égale.

On dira peut-être que les lois et le sol sont et doivent être indifférents à un homme qui admet les grands et larges principes de nos temps. Nous répondrons que l'expérience est faite ; que ces principes sont des principes de mort, d'incendies, de meurtres et de ruines, parce que c'est détruire l'œuvre de la sage Providence qui règle toutes choses, même en ce monde. On a cru au XIXe siècle que la fraternité universelle était une chose possible, et voilà que Dieu vient de relever l'idée de patrie en précipitant un peuple contre un autre, et cela pour le châtiment de tous les deux. Il faut qu'une expiation continuelle s'accomplisse sur la terre, afin que les nations ne se corrompent point dans ce repos funeste qui pourrit les eaux dormantes ; afin que la race humaine, déchue une fois, ne cesse de se châtier elle-même ; afin que s'accomplissent les secrets desseins de la miséricorde et de la justice divines. C'est Dieu lui-même qui vient relever chez nous tous, Français, ce nom de patrie, afin que nous l'honorions, cette patrie, par la bravoure et les vertus de nos ancêtres, afin que nous ne périssions pas dans une effroyable léthargie.

§ IX.

Les deux drapeaux.

Puisque la question du drapeau est soulevée, disons-en un mot en nous résumant.

Robert le Fort descendait par dix degrés des premiers rois mérovingiens. La charte de 799 et les recherches des savants le démontrent avec évidence. Henri V descend donc des premiers rois de France. Il est leur successeur légitime, *et son drapeau est, par conséquent, le symbole de tout ce que les rois de France ont accompli.*

Le drapeau qu'on lui oppose est *l'étendard de la révolution,* et il abrita sous ses plis tous les actes de la révolution et des pouvoirs révolutionnaires.

Voyons ce que nous rappellent les deux drapeaux et lequel nous devons choisir.

Le drapeau de Henri V nous rappelle le pacte fait entre Clovis et la religion catholique à Tolbiac en face de l'ennemi, ce pacte qui a donné à la France quatorze siècles de gloire. Il rappelle la religion, l'autorité et la liberté légitime, la loi d'hérédité qui fit le bonheur de la France. Il rappelle l'Etat aidant à l'Eglise, et l'Eglise protégeant l'Etat. Il rappelle que par la France l'arianisme, l'islamisme, le protestantisme furent arrêtés dans leurs succès. Il rappelle les croisades qui firent en Orient le nom des Francs synonyme de bravoure et d'honneur. Il rappelle la France fondant le trône des Papes et volant vingt fois au secours des Souverains-Pontifes menacés par leurs ennemis. Il rappelle que les batailles et les combats que livrèrent par centaines nos anciens rois furent tous illustrés par la bravoure, sinon par la victoire. Il nous rappelle que *le droit est plus respectable* que le génie et la force. Il nous rappelle Jeanne d'Arc sauvant la France. Il nous rappelle que les Capets ont fait la France tout entière ; il nous rappelle que ce drapeau fut aimé et vénéré par les Bayard, les Condé, les Turenne, les Montmorency et cent autres génies guerriers ; qu'il

fut chanté par les Corneille, les Racine, les Lafontaine, les Boileau,
les Chateaubriand ; qu'il fut loué par les Bossuet, les Fénelon, les
Massillon, les Frayssinous, les de Bonald, les de Maistre, les Berryer,
les Dupanloup et par mille autres grands hommes. Il nous rappelle
que la France fut partout et toujours le chevalier du droit et des
nobles causes ; que l'Europe fut civilisée par la France ; que « quand
il n'y aurait en France que cette maison de France dont la majesté
étonne, encore pourrions-nous, en fait de gloire, en remontrer à
toutes les nations et porter un défi à l'histoire. » Il nous rappelle tout
ce qui a été résumé ainsi par le prince H. de Valory :

« Il s'est rencontré une famille royale aussi ancienne que la terre
des Gaules, aussi vieille que les forêts de la Germanie. Elle s'est incarnée dans la France, et la France, pour payer sa dette, s'est incarnée dans Jeanne d'Arc. Dans ses mains, l'épée de César est devenue
la francisque de Tolbiac, et le labarum de Constantin, l'oriflamme de
Saint-Denis. Toute gloire intellectuelle et politique a procédé d'elle
pendant quatorze cents ans. Elle a donné l'essor à la civilisation, aux
libertés, aux franchises, et la loyauté a pris son nom. Elle a triplé de
ses fleurs de lis la couronne de Pierre, et Pierre l'a appelée sa fille
aînée. Elle a créé le domaine des Papes, comme elle a créé le domaine
des Francs. Elle a chassé les Sarrasins de l'Occident et évangélisé
l'Allemagne. Ceux de cette maison ont combattu la croix sur l'épaule
à Ptolémaïs, à la Massoure ; ils ont rendu la justice sous un chêne et
ils sont morts sur la cendre. Ils furent à Bouvines et à Marignan, comme
à Crécy et à Poitiers ; et l'histoire ne peut se décider à choisir entre
leurs victoires signalées et leurs défaites triomphantes. Trente-deux
princes de leur sang, depuis saint Louis, ont été tués sur le champ de
bataille !..., six par siècle. Ils ont fait la religion, les arts de la patrie.
De l'Atlas à l'Escaut, des bords du Jourdain aux rives de Saint-Lau-
rent, de Pondichéry à Constantinople, nos frontières, nos colonies,
nos missions racontent son nom. Elle a commencé par Tolbiac et fini
par Alger. Rassasiée de toutes les gloires, ayant eu des Charlemagne,
des Philippe-Auguste, des saint Louis, des François Ier, des Henri IV
et des Louis XIV, il lui manquait un martyr, et Louis XVI monta
sur l'échafaud les mains liées derrière le dos. » — Voilà ce que nous
dit le drapeau de Henri V. Il nous dit qu'il fut quelquefois vaincu,
jamais déshonoré, qu'il put à tel jour d'infortune tout *perdre, excepté l'honneur*, et que néanmoins il fit la France avec sa grandeur
et sa gloire.

Maintenant, que dira à notre mémoire le drapeau qu'on lui oppose ?
Il nous rappelle toutes les hontes de la République et des deux Empires.
Ce drapeau flotta sur l'échafaud de Louis XVI et de Marie-Antoinette,
sur le cadavre de Louis XVII, abrita le soldat qui fusilla le duc d'Enghien, abrita l'assassin du duc de Berry ; il assista aux *noyades*, aux
mitraillades, aux mariages républicains, aux massacres de Paris, de
Lyon, de Nantes, d'Orange, de la Vendée ; il s'éleva sur un million
de victimes faites par la révolution, sur les cadavres de plus d'un
million de Français laissés sur les champs de bataille, et sur deux
millions de cadavres ennemis tombés sous nos coups pour se défendre
contre nos injustes attaques. Ce drapeau effraya le monde par les
doctrines et les convoitises qu'il cachait dans ses plis sanglants, et
l'arma contre nous ; il insulta aux peuples et aux rois, aux titres et

aux nationalités, et nous a mérité nos catastrophes. Il outragea la tiare et la croix qui sont le salut du monde. Ce drapeau nous rappelle que dix ans après la guerre de Crimée, faite pour abaisser la puissance russe, le *panslavisme* s'étend jusqu'aux Indes ; que la Pologne est supprimée par notre faute ; que la Russie, la Prusse et les États-Unis se sont ligués contre nous, et mettent le monde civilisé dans un péril sans précédent. Ce drapeau a réuni ou laissé réunir contre nous vingt-cinq millions d'ennemis en Italie, plus de quarante millions en Allemagne, près de soixante-quinze millions en Russie, près de quarante millions en Amérique, etc. Sous ce drapeau, la France a été ruinée d'or et de sang, conduite à des victoires injustes qui préparent infailliblement les désastres, ou bien aux défaites de Trafalgar, d'Aboukir, de Leipzig, de Waterloo, de Quérétaro, de Sedan, de Metz, de Pontarlier, du Mans. En un mot, ce drapeau a coûté à la France presque trois millions de ses enfants, deux grandes provinces, ses alliés, *cinquante-cinq milliards* en argent, et surtout l'intégrité de son honneur.

Entre ces deux drapeaux, Henri V n'a pas hésité ; il a repoussé le drapeau tricolore : il a bien fait. Si tous les Français avaient pensé à ce que signifie la détermination du Roi, pas un, excepté les partisans des hommes de Paris et de l'homme de Sedan, ne lui en eût fait un reproche.

§ X.

Comment règnera le roi légitime.

On pourrait se demander maintenant comment règnera Henri V, quelles libertés il accordera à la France, comment il s'y prendra pour relever notre patrie de son lit de souffrance. Il ne serait pas nécessaire de répondre à cette question, et nous pourrions nous contenter de ce qui a été dit quand nous avons parlé de nos lois fondamentales, dont Henri V ne prétend nullement s'écarter. Cependant, le roi lui-même a trop bien éclairé ce sujet dans divers écrits, pour ne pas céder au plaisir et à l'honneur d'en citer quelques-uns.

Au duc de Noailles.

22 décembre 1850.

« ..... Je sais toutes les difficultés que rencontre le retour aux principes de l'hérédité monarchique, tant de la part de ceux qui le combattent, que souvent même par le fait de ceux qui le défendent, et, ces divers obstacles, je sens qu'il est de mon devoir de chercher, autant qu'il est en moi, à les faire disparaître. Aussi, me suis-je constamment efforcé de prouver par mes paroles, comme par ma conduite, que, si la Providence m'appelle à régner un jour, je ne serai pas le roi d'une seule classe, mais le roi ou plutôt le père de tous. Partout et toujours, je me suis montré accessible à tous les Français, sans distinction de classes et de conditions. Je les ai tous vus, tous écoutés, tous admis à se presser autour de moi. Vous en avez été vous-même le témoin. Comment, après cela, pourrait-on encore me soupçonner de ne vouloir être que le roi d'une caste privilégiée, ou, pour mieux employer les termes dont on se sert, le roi de l'ancien régime, de l'ancienne noblesse, de l'ancienne cour? J'ai toujours cru, et je suis heureux de me trouver ici d'accord avec les meilleurs esprits, que désormais la cour ne peut plus être ce qu'elle était autrefois.

« J'ai toujours cru également qu'il faut que toutes les classes de la nation s'unissent pour travailler de concert au salut commun, y contribuant, les unes par leur expérience des affaires, les autres par l'utile influence qu'elles doivent à leur position sociale. Il faut que toutes soient engagées dans cette lutte du bien contre le mal, que toutes y apportent le concours de leur zèle et de leur active coopération, que toutes y prennent leur part de responsabilité, afin d'aider loyalement et efficacement le pouvoir à fonder un gouvernement qui ait tous les moyens de remplir sa haute mission et qui soit durable. Toujours aussi, j'ai eu l'intime conviction qu'il n'y a que la monarchie restaurée sur la base héréditaire et traditionnelle, qui, répondant à tous les besoins de la société telle que l'ont faite les événements accomplis depuis plus d'un demi-siècle, puisse concilier tous les intérêts, sauvegarder tous les droits acquis, et mettre la France en pleine et irrévocable possession de toutes les sages libertés qui lui sont nécessaires. J'apprécie tous les services qui ont été rendus à la patrie; je tiens compte de tout ce qui a été fait à différentes époques pour la préserver des maux extrêmes dont elle était et dont elle est encore menacée. J'appelle tous les dévouements, tous les esprits éclairés, toutes les âmes généreuses, tous les cœurs droits, dans quelques rangs qu'ils se trouvent, et sous quelque drapeau qu'ils aient combattu jusqu'ici, à me prêter l'appui de leurs lumières, de leur bonne volonté, de leurs nobles et unanimes efforts, pour sauver le pays, assurer son avenir, et préparer, après tant d'épreuves, de vicissitudes et de malheurs, de nouveaux jours de gloire et de prospérité.

« Telles ont été, dans tous les temps, mon cher duc, et telles sont encore mes dispositions et mes vues. En toute rencontre, je les ai hautement proclamées; je n'ai rien négligé pour les inculquer à mes amis, et si, dans une circonstance récente, j'ai manifesté le désir de leur imprimer une direction, c'était justement pour faire prévaloir parmi eux cet esprit de modération et de conciliation qui convient à la cause de l'ordre, de la justice et de la vérité. Je continuerai à marcher dans cette voie. Je saisirai toutes les occasions de dire ce que je veux, et j'espère que le jour n'est pas loin où, malgré les clameurs de la malveillance et de la passion, tous les hommes raisonnables de tous les partis sauront ce que vous savez vous-même depuis longtemps, que je n'ai qu'une pensée, une intention, une volonté : c'est de servir la France et de me dévouer tout entier à son bonheur... »

A Monsieur Berryer.

Venise, 23 janvier 1851.

« Mon cher Berryer, j'achève à peine de lire le *Moniteur* du 17 janvier, et je ne veux pas perdre un instant pour vous témoigner

toute ma satisfaction, toute ma reconnaissance pour l'admirable dis-
cours que vous avez prononcé dans la séance du 16. Vous le savez,
quoique j'aie la douleur de voir quelquefois mes pensées et mes intentions dénaturées et méconnues, l'intérêt de la France qui, pour
moi, passe avant tout, me condamne souvent au silence et à l'inaction, tant je crains de troubler son repos et d'ajouter aux difficultés
et aux embarras de la situation actuelle. Que je suis donc heureux
que vous ayez si bien exprimé des sentiments qui sont les miens, et
qui s'accordent si parfaitement avec le langage, avec la conduite que
j'ai tenue dans tous les temps !

« Vous vous en êtes souvenu, c'est bien là cette politique de conciliation, d'union, de fusion qui est la mienne et que vous avez si
éloquemment exposée ; politique qui met en oubli toutes les divisions,
toutes les récriminations, toutes les oppositions passées, et veut pour
tout le monde un avenir où tout honnête homme se sente, comme
vous l'avez si bien dit, en pleine possession de sa dignité personnelle.

« Dépositaire du principe fondamental de la monarchie, je sais que
cette monarchie ne répondrait pas à tous les besoins de la France,
si elle n'était pas en harmonie avec son état social, ses mœurs, ses
intérêts, et si la France n'en reconnaissait et n'en acceptait avec
confiance la nécessité. Je respecte mon pays autant que je l'aime.
J'honore sa civilisation et sa gloire contemporaines, autant que les
traditions et les souvenirs de son histoire. Les maximes qu'il a fortement à cœur et que vous avez rappelées à la tribune, l'égalité devant
la loi, la liberté de conscience, le libre accès pour tous les mérites
à tous les emplois, à tous les honneurs, à tous les avantages sociaux,
tous ces grands principes d'une société éclairée et chrétienne me
sont chers et sacrés comme à vous, comme à tous les Français. Donner à ces principes toutes les garanties qui leur sont nécessaires
par des institutions conformes aux vœux de la nation, et fonder,
d'accord avec elle, un gouvernement régulier et stable, en le plaçant
sur la base de l'hérédité monarchique, et sous la garde des libertés
publiques à la fois fortement réglées et loyalement respectées, tel
serait l'unique but de mon ambition. J'ose espérer qu'avec l'aide de
tous les bons citoyens, de tous les membres de ma famille, je ne
manquerai ni de courage ni de persévérance pour accomplir cette
œuvre de restauration nationale, seul moyen de rendre à la France
ces longues perspectives de l'avenir, sans lesquelles le présent, même
tranquille, demeure inquiet et frappé de stérilité.

« Après tant de vicissitudes et d'essais infructueux, la France,
éclairée par sa propre expérience, saura, j'en ai la ferme confiance,
reconnaître elle-même où sont ses meilleures destinées. Le jour où
elle sera convaincue que le principe traditionnel et séculaire de l'hérédité monarchique est la plus sûre garantie de la stabilité de son
gouvernement, du développement de ses libertés, elle trouvera en
moi un Français dévoué, empressé de rallier autour de lui toutes les
capacités, tous les talents, toutes les gloires, tous les hommes qui,
par leurs anciens services, ont mérité la reconnaissance du pays.

« Je vous renouvelle, mon cher Berryer, tous mes remerciements,
et vous demande de continuer, toutes les fois que l'occasion vous en
sera offerte, à prendre la parole, comme vous venez de le faire avec

tant de bonheur et d'à-propos. Faisons connaître de plus en plus à la France nos pensées, nos vœux, nos loyales intentions, et attendons avec confiance ce que Dieu lui-même inspirera pour le salut de notre commun avenir... »

Nous ne reproduirons pas ici le dernier manifeste du comte de Chambord. Nous le croyons suffisamment connu du lecteur.

Voici, du reste, comment un grand royaliste, M. le comte N..., qui connaît bien Henri V, a analysé ce programme légitimiste dans une brochure publiée à Genève (*Un rayon d'espoir*). Les changements qui pourraient y être introduits n'en modifieraient point la substance : c'est pourquoi nous le copions textuellement :

« Soldat dévoué et soumis de la cause monarchique, je n'ai ni le mandat ni la prétention de définir rigoureusement ce programme, d'en donner tous les détails ou d'en fixer tous les développements, et moins encore d'engager la politique du parti auquel j'appartiens. Qu'il me soit seulement permis de résumer ici, en les précisant, les principales idées qui, depuis longtemps, ont cours parmi un grand nombre d'entre nous. Ceux dont le cœur palpite d'un égal amour pour les droits de Dieu, de la vérité et de la France, ne nous renieront pas.

« Affirmation nette et précise des droits de Dieu sur l'homme et des devoirs de la société envers Dieu, telle est la base de ce programme. Reconnaissance des droits de l'Église tels que l'Église les définit elle-même ; et, quant à leur application, entente sincère avec le Saint-Siége pour toutes les questions mixtes qu'en 1801 Napoléon a tranchées, mais non résolues, telles que le mariage, le régime de la propriété ecclésiastique, et tout ce que l'on comprend sous la dénomination de *rapports de l'Église avec l'État*.

« Dans l'ordre politique, répudiation complète de la monarchie élective pour revenir au principe de la monarchie héréditaire, et par-là même à l'auguste dynastie des Bourbons. Le pouvoir exécutif résidant en la personne du Roi et de ses ministres librement choisis par lui. Le pouvoir législatif partagé : 1° *Pour les questions générales* entre le Roi, l'assemblée des représentants directs de la nation, et une Chambre haute nommée par les assemblées provinciales ; 2° *Pour les questions particulières à chaque province*, entre le Roi et les assemblées provinciales, ces dernières constituées dans leur ensemble comme juges en dernier ressort des conflits survenant entre le Roi et les deux Chambres.

« Dans l'ordre administratif, liberté communale et provinciale. Administration des intérêts des communes, sous le contrôle des assemblées provinciales, par les maires et les conseils municipaux élus directement les uns et les autres par le suffrage direct et universel. Organisation de la France en provinces administrées conjointement par un délégué du pouvoir royal, et les assemblées provinciales, nommées selon un système d'élections à deux degrés, ayant pour base le suffrage universel. La liberté d'enseignement, garantie par la suppression de l'Université, l'État confiant le droit de surveillance à un Conseil supérieur élu par les trois corps de l'État chargés plus particulièrement de l'enseignement et du maintien des lois morales et religieuses, à savoir : l'épiscopat, la magistrature et les corporations enseignantes. (Universités libres, corporations religieuses, etc.)

6

« La liberté religieuse appliquée comme l'exige l'état social actuel. Liberté d'association, liberté de tester avec quelques atténuations, toutes les libertés individuelles enfin.

« Dans l'ordre militaire, réorganisation du système de recrutement d'après le principe d'un service obligatoire de courte durée et de l'établissement d'une puissante réserve, composée de régiments formés par province. L'avancement basé exclusivement sur le mérite constaté par des examens successifs.

« Dans l'ordre judiciaire, l'indépendance de la magistrature, garantie par l'inamovibilité et un système d'avancement basé, dans les fonctions subalternes, sur le mérite défini par des examens, et dans les fonctions supérieures sur le suffrage des cours de justice elles-mêmes. Etablissement de tribunaux *spéciaux* pour les questions *spéciales*, accordés non plus seulement comme maintenant au commerce, mais au clergé, à l'industrie, aux universités, etc., d'après l'antique principe que chacun *a droit à être jugé par ses pairs*, principe qui, en Angleterre, a été l'origine du jury. Le code remanié dans son ensemble et dans ses détails, d'après les principes du christianisme.

« En résumé, la société reconstituée de la base au sommet, non plus d'après les idées de 1789 qui, à côté de quelques bribes de vérités, renferment de monstrueuses erreurs, mais d'après les principes du christianisme, véritable source de la vraie liberté, principes seuls vrais, seuls justes, seuls immuables, parce qu'émanés de Dieu lui-même, ils participent à sa justice et à son immutabilité. Indépendance entière de l'Eglise dans les questions spirituelles, indépendance de l'Etat dans les questions temporelles, entente de l'une et de l'autre dans les questions mixtes. L'unité nationale garantie par l'unité monarchique, l'unité du Code, l'unité de l'armée. La vie rendue aux provinces par le don d'une autonomie administrative et législative, aussi étendue que le comporte le maintien rigoureux et nécessaire d'une unité nationale, forte et puissante ; et l'influence enlevée par cela même à tout jamais à l'ignorance bavarde de ceux qui parlent ou qui écrivent, pour être rendue à la sagesse pratique des propriétaires, des industriels, des commerçants, en un mot, de ceux qui savent et qui agissent. La faveur rendue difficile, le mérite devenu le seul titre à l'exercice des fonctions publiques. Enfin, des principes chrétiens, des institutions monarchiques et libres, engendrant des mœurs actives et sérieuses, tel est l'idéal que nous souhaitons et que Dieu nous donnera si la France doit vivre. »

Que veut donc le comte de Chambord ? Que voudra-t-il étant roi de France ?

Il voudra :

1° La PROCLAMATION *des droits de Dieu en France ;*

2° *Le pays sincèrement représenté, votant l'impôt et concourant à la confection des lois ;*

3° *Les dépenses sérieusement contrôlées ;*

4° *La propriété, la liberté individuelle, inviolables et sacrées ;*

5° *L'administration communale et départementale sagement et progressivement décentralisée.* (Correspondance.)

Ainsi donc, les libertés ne nous feront point défaut. Il ne nous restera qu'à savoir en user, à nous mettre du côté *du droit* pour étouffer tous les cris de rage que pousseront l'impiété et la révolution. Un tel programme ne peut que satisfaire les honnêtes gens ; car il satisfait nos besoins et notre honneur. C'est évidemment là une grande œuvre à accomplir ; mais elle s'accomplira, parce que ni les talents éprouvés ni les patriotismes ne feront défaut.

CHAPITRE V.

LE COMTE DE CHAMBORD.

§ I.

Le Roi est mort, vive le Roi !

Ainsi donc, ces jours de malheurs et de deuil qui ont frappé notre France, l'ont ramenée, par la force des choses, à cette dynastie qui a fait la puissance et la gloire de notre pays ; et, considérant le passage de la Révolution comme un simple interrègne, notre pays criera bientôt : « Le Roi est mort, vive le Roi ! »

C'est ainsi qu'autrefois, au moment où un roi de France rendait le dernier soupir, les échos du palais funèbre redisaient simultanément ces deux cris : l'un de deuil, l'autre d'espérance. Et c'est ainsi qu'aujourd'hui la France doit crier encore en rappelant à sa tête le fils de ses vieux rois, Henri V. Ce prince serait une des plus grandes et des plus nobles figures de nos temps, même lorsque le trône de France, enfin abandonné par un odieux usurpateur, n'attendrait pas de lui, et de lui seul son ancienne splendeur ; mais, en ce moment, où tous les regards se tournent vers lui, où il s'élève, comme le sauveur de la patrie, au milieu des ruines fumantes accumulées dans le royaume de ses pères, en ce moment, il nous importe de savoir ce qu'est cet homme, objet de tant d'amour pour les uns, de tant de haine pour les autres.

Nous ne demanderons pas pourquoi cette haine ; car nous savons tous qu'il n'est tant haï que parce qu'il est l'antipode de la Révolution et de la corruption. Demandons-nous seulement pourquoi il est aimé si fidèlement par tout ce qu'il y a de plus honnête, et pourquoi il mérite l'estime de ses ennemis eux-mêmes. D'où viennent ces fidélités, ces espérances, ces attachements inviolables rivés au nom de Henri V ? Comment cet homme qui, jusqu'ici, a vécu hors du sol de la France, a-t-il mérité d'être honoré de la haine des méchants et de l'amour des bons ? Cette raison, la voici : c'est qu'il est le Roi légitime de la France, le Roi qui *régnera par Dieu* ; c'est qu'il aime la France grande, belle et libre, libre comme il convient à un pays qui ne doit vouloir qu'une vraie liberté ! C'est-à-dire que Henri V veut en France le triomphe de la Religion et le triomphe de la légitime liberté par le légitime pouvoir ; et, par là même, il veut le triomphe de la France ; puisque — nous l'avons prouvé, — il faut à la France Dieu et le Roi légitime qu'elle avait expulsés l'un et l'autre. Ces deux grandes passions de la religion et du pouvoir légitime, communes à tous les bons rois, à tous les nobles génies, à tous les hommes de bien, à toutes les âmes élevées jusqu'aux principes, à tous les cœurs plus haut que le fait qui passe, sont personnifiées en cet héritier du trône de France. Il les a manifestées et il les manifeste encore avec toute la grandeur de leur caractère, la force de leur inébranlable conviction, l'énergie de leur puissance. C'est pour cela que cet homme éveille tant de grandes sympathies ; c'est pour cela que tous les amis de la religion, de la liberté et du pouvoir légitimes aiment Henri V.

Montrer, autant que nous pouvons le connaître, le caractère de cet homme, tâcher de lui acquérir l'amour des Français, c'est travailler pour la cause de la France, qui ne ressuscitera de ses ruines qu'en acceptant, pour se conduire, l'unique pouvoir légitime. Nous avons dit plus haut ce qu'il nous offrait comme souverain : ici, nous voulons *montrer l'homme.*

§ II.

Henri V. — Son expérience.

S'il est un mot dont on ait abusé en ce monde, c'est assurément le mot *peuple ;* une faction, une troupe de bandits s'est appelée le peuple ; un tribun, un dictateur, un criminel, un empereur s'est appelé le *peuple ;* le rebut, la lie, le fléau, l'assassin du peuple s'est appelé le *peuple ;* l'intérêt, la cupidité de quelques-uns s'est appelé l'intérêt du *peuple ;* le caprice, la fourberie, la folie se sont appelés volonté du peuple. Voilà ce qu'ont fait des scélérats, des trompés, des incapables, des vaniteux qui souvent ont pensé travailler au bonheur du vrai peuple, et cependant n'ont fait que sa ruine et son malheur ; ils l'ont tué en croyant le sauver *ou en le flattant.*

On peut donner de cela une raison qui renferme toutes les autres : c'est que ces hommes n'ont point demandé à la vraie religion les vrais préceptes de la justice, par lesquels seuls triomphe la cause des peuples. Sans Dieu, il est impossible de rien construire ; c'est à peine si, sans lui, on peut détruire ce qui est construit. L'homme ne peut rien, absolument rien sans Dieu. Cette vérité, qui ne s'est pas perdue le long des âges et qu'on retrouve consignée dans les annales de la sagesse humaine en tous les temps, a été formulée et prouvée par le grand J. de Maistre, auquel il faut recourir pour cette importante question. Or, Henri V seul est capable de faire le bonheur du peuple français dès qu'il ressaisira son sceptre ; il lui donnera la liberté légitime, parce qu'il est un grand chrétien, parce qu'il appellera à son aide la religion, *la vérité qui délivre,* selon une parole prononcée par la sagesse divine et comprise par la sagesse humaine.

C'est à l'âge de dix ans qu'il fut exilé de France ; il n'eut aucune part aux fautes commises avant 1830. Dès lors, la noblesse de son caractère, la dignité de sa cause le retinrent en dehors de tout ce qui a fait tant de mal à notre patrie. Il étudia profondément l'histoire de son pays, s'appliqua à toutes les autres sciences nécessaires à un bon roi, et attendit le jour de la Providence.

Il se montra dès le commencement ce qu'il devait être : religieux sans hypocrisie, sans respect humain, sans fanatisme ; franc sans raideur, respectueux et affable envers *ses fidèles*, aimant toujours la France et tout ce qui a contribué à sa grandeur, il mérita l'amour et l'estime de tout ceux qui l'ont connu. (Voir corresp. du comte de Chambord.)

Dieu, du reste, a semblé le préparer à régner un jour sur notre France. Quand il veut envoyer au monde quelque homme remarquable, il le prépare de loin ; il l'instruit par les circonstances où il le place, par les amis qu'il lui donne, par les éléments qu'il fait passer sous ses yeux : il fait son éducation ; il le prend par la main et lui donne les leçons de la sagesse et de l'expérience, comme fait un père pour le fils sur lequel il fonde ses plus grandes espérances.

Ne peut-on pas dire cela d'Henri V ? Il a été le témoin attentif et intéressé de nos bouleversements et de nos malheurs ; il en a compris la cause ; il l'a vue et annoncée à tous. Il a vu que la Révolution n'est qu'une scène de chaos où se montrent toutes les erreurs de l'intelligence et toutes les bassesses du cœur, tous les crimes, toutes les injustices, toutes les scélératesses ; il a vu les conséquences de tous les principes révolutionnaires ; il a vu la royauté se suicider elle-même, poussée par le désespoir de ne pouvoir jamais satisfaire l'insatiable soif du désordre ; il a vu le trône légitime crouler sous les coups de la trahison ; il a vu rouler dans la fange et le sang et se couvrir de boue le trône des usurpateurs ; il a vu sur quelles fidélités pouvait compter la cause de la justice ; il a vu les choses changer de nom, les noms changer de signification, l'impiété s'appeler religion, le droit s'appeler injustice, la vertu s'appeler crime, la morale s'appeler immoralité et l'immoralité s'ériger en morale ; il a vu comment le règne du peuple n'est que le règne de la dégradation, comment ce règne conduit aux gouffres les plus profonds de la barbarie.

La Providence, en faisant le comte de Chambord témoin de ce spectacle hideux et pourtant instructif, lui a inspiré la plus grande horreur pour toute révolte contre le droit, pour *l'abomination* des guerres civiles. La paix, l'union, la conciliation : voilà ce que veut le comte de Chambord.

Mais aussi il s'est convaincu que le plus grand acte de folie qui se puisse commettre, que la plus grande et la plus funeste faute dont un peuple puisse se rendre coupable, *c'est de proclamer les droits de l'homme en foulant aux pieds les droits de Dieu*, d'élever la statue de la déesse Raison sur l'autel du Tout-Puissant ; tandis que l'homme n'a et ne peut avoir qu'un droit, celui d'accomplir ses devoirs. Il sait que pour régénérer un peuple il faut repousser les lois inspirées à la déesse Raison par la déesse Passion ; qu'il faut en revenir à la religion et bannir le philosophisme. N'est-ce pas là la plus haute, la plus profonde science sociale, la seule gardienne de l'ordre et de la légitime liberté ? Le nierez-vous, hommes trompés jusqu'ici ? Et vous, hommes trompeurs, le nierez-vous en présence de Paris fumant et ensanglanté ; de ce Paris qu'ont bâti nos rois légitimes ?

Cette conviction sera l'âme des entreprises royales, la règle de ses desseins, de ses souhaits ; ce sera sa force dans la lutte, ce sera une source de victoires et de grandeurs pour lui et pour la France.

Et malheur à notre pays si son roi ne pensait pas ainsi, s'il n'avait pas été formé par de tels enseignements. O France, France infortunée, nul peuple autant que toi n'a jamais souffert par son propre délire, par sa propre fureur. Durant quatre-vingt-dix ans, tu as été jetée sans cesse d'une révolution à une autre ; ton sol a été couvert de ruines et de cadavres ; jamais, non jamais, rien ne s'est vu de pareil ! On croyait que la révolution, c'est-à-dire l'irréligion, ne triompherait jamais, et l'on s'est trompé en ce sens que, contre bien des prévisions, elle a pu nous infliger une honte sanglante après toutes les autres humiliations ; qu'elle a pu ruiner ce que nos ennemis eux-mêmes avaient eu la velléité de respecter. Nous avons vu des horreurs sans nom et sans antécédents historiques. *Le satanique s'est montré* dans toute sa rage. On a vu assassiner des magistrats, des prêtres, des religieux, des ôtages, l'archevêque de Paris ! On a vu notre capitale en flammes. Oui, Paris, Paris, le centre de notre civilisation, Paris a été le centre de ces hauts faits infernaux. La misère, la mort ont parcouru nos rues et frappé à la porte d'une multitude d'honnêtes gens ; la scélératesse a régné durant quelques jours ; et, pour sauver les débris d'une immense capitale, il a fallu de grandes armées ; il a fallu assez de soldats pour tenir tête à *deux cent mille* bandits sans foi ni Dieu. On a vu une ville immense, ne formant plus qu'un immense et infernal refuge, où deux cent mille assassins accomplissaient leurs sanglantes orgies, où s'étaient renfermés deux cents mille scélérats, dont les égaux ne se trouvent pas chez les plus féroces anthropophages. Voilà donc des hommes, pour lesquels trente-huit millions de Français n'étaient plus que des ennemis voués à la mort ; pour lesquels la France et ses monuments n'étaient que des objets d'horreur qu'on devait au plus vite effacer de ce monde.

Est-ce assez d'humiliations, Seigneur ? La France n'est-elle pas encore suffisamment châtiée ?...

Non, pas encore, parce qu'elle n'est pas assez repentante. Trop d'âmes endurcies lui préparent une nouvelle, terrible et prochaine révolution. Toutefois ceux de ses enfants qui étaient bons deviennent meilleurs, et, parmi la foule des prodigues, beaucoup se convertissent. Le cri des uns et des autres monte vers Dieu. Ce cri triomphera de sa justice pour appeler sa miséricorde. Et Dieu enverra bientôt un nouveau Moïse pour sauver le peuple français.

Et, en effet, la générosité, la noblesse, la magnanimité avec lesquelles Henri V entreprend la régénération de la France ingrate et déchue, montrent qu'il sera pour nous ce conducteur qui doit nous amener à l'accomplissement de cette prophétie, que saint Remy fit à Clovis avant de verser l'eau sainte sur le front du fier Sicambre : « Apprenez, mon fils, que le royaume de France est prédestiné par Dieu à la défense de l'Eglise romaine, qui est la seule véritable Eglise du Christ. Ce royaume sera un jour grand entre tous les royaumes de la terre, et il embrassera toutes les limites de l'empire romain, et soumettra tous les autres royaumes à son sceptre ; il durera jusqu'à la fin des temps ; il sera victorieux et prospère tant qu'il restera fidèle à la foi romaine et qu'il ne commettra aucun de ces crimes qui ruinent les nations ; mais sera *rudement châtié toutes les fois qu'il sera infidèle à sa vocation.* » La tradition non interrompue de tous les siècles a confirmé l'authenticité de cette prophétie. Le prince qui doit nous remettre dans la voie où nous marcherons jusqu'à la fin des temps, peut-il être autre que le prince nommé prophétiquement Dieudonné ? N'est-ce pas lui qu'appellent tous les cœurs vraiment catholiques ? Qui niera la signification profonde et la légitimité de ce cri universel ?

§ III.

Quelques jugements sur Henri V.

Du reste, qui plus que lui peut prétendre à une telle mission ? Qui plus que lui est honnête, grand, noble, illustre, pour commander le respect, pour imposer silence à la perversité ? Il est le *droit,* comme il le dit ; il est l'*ordre* ; il est la *réforme* ; il est le *fondé de pouvoirs nécessaire* pour remettre à sa *place ce qui n'y est pas, et gouverner avec la justice et les lois, dans le but de réparer les maux du passé et de préparer enfin un avenir.* Il est un *principe* ; il est l'*anti-révolution* ; il est donc le *salut.* Il sera doux pour cicatriser les plaies de la France, tout en les sondant d'une main ferme et sûre ; mais il ne trahira pas son nom et son rang en face de l'ennemi, et il portera haut et fier le drapeau blanc ; le fils de Henri IV et de saint Louis ne sera jamais surpris en voiture par l'ennemi sur un champ de bataille. Dans cette race, on peut tout perdre, excepté l'honneur.

« On se dira, écrit-il encore, que j'ai dans la main la vieille épée de la France, et dans la poitrine ce cœur de roi et de père qui n'a point de parti. Je ne suis point un parti, et je ne veux pas revenir pour régner par un parti. Je n'ai ni injure à venger, ni ennemi à écarter, ni fortune à refaire, sauf celle de la France, et je puis choisir partout les ouvriers qui voudront s'associer à ce grand ouvrage.

« Je ne ramène que la religion, la concorde et la paix, et je ne veux exercer de dictature que celle de la clémence, parce que dans mes mains, et dans mes mains seulement, la clémence est encore justice. »

Un tel langage ne surprendra pas ceux qui connaissent le comte de Chambord. Écoutez plutôt ce qu'en a dit un homme aussi honorable que profondément sérieux, qui passa vingt ans auprès de notre roi : « Je ne sais pas à quoi Dieu destine le comte de Chambord ; mais, ce que je sais bien, c'est que, si jamais il remonte le trône de ses pères, la France n'aura pas eu, depuis saint Louis, un roi semblable à lui. » Un publiciste visita un jour Froshdorf pour connaître le prince et avoir le droit de l'insulter en connaissance de cause. Voici ce qu'il écrivit à son retour : « J'ai trouvé à Froshdorf ce que je n'ai jamais encore rencontré sur la terre : ce qu'il y a de plus grand comme intelligence, comme caractère, comme dignité, uni à ce qu'il y a de plus affectueux, de plus simple, de plus aimable ; il n'y a aucune question d'histoire, de littérature, d'économie politique et sociale qui ne soit familière au prince ; je suis encore sous le charme de cette figure si noble, de ce sourire si doux, et surtout de cette parole si lumineuse et si claire. Heureuse la nation qui aura jamais un tel roi ! » (*Manuel du bon Français.*)

Et, en effet, c'est là le portrait du prince qui s'est peint lui-même dans sa correspondance. Comme il l'a dit, on voit qu'il ne veut qu'une chose : *le droit pour base, l'honnêteté pour moyen, la grandeur morale pour but.* Je le demande en grâce : qu'on relise la correspondance de Napoléon Ier et de Napoléon III ; qu'on relise les écrits des révolutionnaires, des républicains et des princes d'Orléans ; puis qu'on relise ce que nous possédons de la correspondance intime de Henri V ; et, la main sur la conscience, qu'on me dise lequel de ces hommes est le plus honnête, le plus vertueux ; lequel a les vues plus larges, les pensées plus nobles, les sentiments plus généreux ; chez lequel on aura trouvé une plus profonde connaissance de notre histoire, de nos intérêts ; plus de franchise pour indiquer le mal et le remède au mal ; plus de probité, non seulement pour rendre hommage à chaque succès accompli sans lui, à chaque nouveau fleuron ajouté à la couronne de la France ; mais aussi pour rendre, chacun selon son mérite, responsable de ses œuvres. Odilon Barrot n'avait-il pas raison quand il disait à Charles X : « Conservez bien cet enfant ; il sera un jour le salut de la France ! » Chateaubriand se trompait-il quand il disait sur le bord de la tombe : « Je salue avec des larmes de joie, l'avenir que Henri V prépare à la France. » Berryer était-il dans l'erreur lorsqu'il s'écriait : « O monseigneur, ô mon Roi ! je meurs avec la douleur de n'avoir pas vu le triomphe de ces droits héréditaires consacrant l'établissement et le développement des libertés dont notre pauvre France a besoin !... Je porte ses vœux au ciel pour Votre Majesté et pour notre chère France... Adieu, Sire, que Dieu vous protége et sauve la France ! »

N'avait-il pas raison, sir Georges Sainclair, écrivant au prince en 1858 : « Les esprits dévoués à la cause de l'ordre européen verront dans la restauration de Votre Majesté sur le trône de ses ancêtres, la meilleure ou plutôt l'unique garantie de la véritable liberté et de la prospérité durable de la France ; ils espèreront que vous guérirez les plaies de votre pays, réparerez les brèches que le despotisme de la démagogie et celui de l'usurpation ont faites successivement aux droits des citoyens ; que vous vous montrerez, pendant un règne pacifique, animé du plus pur patriotisme, jaloux de l'honneur et de la prospérité de vos sujets, bienveillant envers tous ceux qui s'approcheront de votre trône, comme serviteurs ou comme réclamants, à quelque classe ou à quelque secte qu'ils appartiennent, avare des deniers publics lorsque vous aurez à les compter pour votre part personnelle et celle de votre famille, reconnaissant envers les amis qui ne vous ont jamais abandonné, oublieux envers les adversaires qui, si tardivement que ce soit, renonceront à leur hostilité, exemplaire dans votre vie privée, et profondément pénétré de votre responsabilité envers Celui par qui les rois règnent et les princes rendent la justice. »

Non, de si nobles convictions chez les amis du prince, chez ces grandes intelligences et ces grands cœurs ne sont pas sans objet.

§ IV.

Henri V et la Religion.

Mais d'où viennent ces nobles et exceptionnelles qualités chez cet homme de bien? C'est qu'il est homme-religieux, qu'il est un digne fils de saint Louis; c'est qu'il s'appuie, pour le triomphe de sa cause et de celle de la France, sur les grands et immuables principes de la religion.

Ah! s'il avait voulu affecter des opinions de libre-penseur; s'il eût voulu inscrire sur son drapeau la devise de notre siècle, cette devise impie, sans Dieu, d'après laquelle on ne prend de la religion que ce qu'il faut pour se conserver quelque crédit sur les masses, mais nullement la religion comme règle de conduite; s'il avait voulu agir ainsi, il eût été moins insulté par la presse révolutionnaire, impérialiste et républicaine. Mais il a repoussé avec mépris ces éloges qui déshonorent ceux qui en sont l'objet. Il s'est avoué catholique, franc, sincère, sans arrière-pensée, et dans notre xixᵉ siècle; c'est là un beau titre de gloire, une grande manifestation d'une grande âme. Oui, il est prince sans être athée; il est l'héritier légitime du trône de France, et il se soumet, pour ce qui est juste, au pouvoir divin qui règne à Rome, et dont il veut le triomphe le plus complet; il est le fils des plus grands rois qui existèrent jamais, et pourtant il pratique la religion que pratiquaient les rois très-chrétiens. Sincèrement catholique, courageusement catholique, le fils de saint Louis mettra sans doute la rage dans le cœur des impies, quand ils apprendront que, ne se parant jamais de son titre de roi de France, il aime pourtant joindre à son nom un adjectif qu'il rappelle souvent : celui de *fils aîné de l'Eglise.*

On l'a vu tressaillir de joie en apprenant un jour que le Pape était rétabli dans ses droits. — Il pleura à la mort du R. P. de Ravignan. Et, dans son dernier appel aux Français, il s'écrie : « On dit que l'indépendance de la papauté m'est chère, et que je suis résolu à lui obtenir d'efficaces garanties. On dit vrai.

« La liberté de l'Eglise est la première condition de la paix des esprits et de l'ordre dans le monde. Protéger le Saint-Siége fut toujours l'honneur de notre patrie, et la cause la plus incontestable de sa grandeur parmi les nations. Ce n'est qu'aux époques de ses plus grands malheurs que la France a abandonné ce glorieux patronage. »

Lisez sa lettre à M. Villemain (25 janvier 1860) :

« Vous venez, Monsieur, de rendre à la religion et à la société un service dont, pour ma part, j'éprouve le besoin de vous remercier. Une politique ténébreuse a cru le sens moral assez affaibli et l'opinion suffisamment comprimée, pour pouvoir impunément, sous une vaine apparence de zèle et une feinte douceur, justifier, encourager, favoriser, après avoir formellement promis de l'empêcher, une odieuse spoliation dont la conséquence inévitable serait de mettre bientôt partout la force à la place du droit. En effet, quelle possession plus antique, plus légitime, plus digne par sa faiblesse même, de tous les respects, plus souvent garantie par les traités, plus universellement proclamée nécessaire au repos du monde, que le domaine temporel de la Papauté ? Comment ne pas reconnaître dans cette œuvre des siècles une disposition de la Providence, qui a voulu assurer par là au chef de l'Eglise, source principale et centre vénéré de la civilisation chrétienne, l'indépendance spirituelle dont il a besoin pour remplir sa sainte et salutaire mission ? Qui ne comprend qu'annuler un droit si sacré, c'est annuler tous les droits ; que dépouiller le souverain dans la personne de saint Pierre, c'est menacer tous les souverains, et que renverser son trône dix fois séculaire, c'est saper le fondement de tous les trônes ?

« Il est triste de voir la France servir ainsi d'instrument contre sa conscience, son cœur, ses traditions, tous ses intérêts, à des entreprises qui ne peuvent aboutir qu'à de nouveaux bouleversements. Ainsi, dans ce commun péril, aux voix épiscopales qui ont jeté le cri d'alarme, n'ont pas tardé à se joindre d'autres voix non moins courageuses, non moins zélées pour soutenir la cause du droit et celle de la liberté, confondues et attaquées toutes deux ensemble dans leur plus auguste représentant, le Pontife-Roi. Mais nul ne l'a fait avec plus d'énergie, de raison, de talent et d'éloquence que l'auteur du remarquable écrit intitulé : *La France, l'Empire, la Papauté*. Je n'ai pu lire, sans en être vivement ému, ce qu'il dit, en finissant, au Pontife si doux, si confiant, si généreux, maintenant abreuvé de tant d'amertume :

« Vivez, persistez, souffrez... Dans vos droits anciens reconnus si longtemps, et naguère encore, vous défendez le droit public de l'Europe, l'inviolabilité des faibles puissances et des titres légitimes. Avec vous, vous aurez la foi de tant d'âmes catholiques, le respect du saint asile des consciences et l'amour de la liberté véritable, celle qui croit en Dieu et en la dignité morale de l'homme.

« Puissent ces belles et touchantes paroles être entendues de tous ! Combien il est regrettable que sous la pression qui étouffe aujourd'hui au fond des cœurs les plus nobles sentiments, l'absence d'une sage liberté, livrant à la merci de l'arbitraire tous les droits, tous les principes, laisse sans défense, sans protection, sans aucune garantie, les plus chers intérêts de la France, de la religion et de la société.

« Recevez, Monsieur, etc., etc. »

Henri V sait que le principe de la légitimité est un principe de droit ; que, par conséquent, il est le seul vrai principe politique qui vienne de Dieu, et que, dès lors, il aura pour lui l'amour des catholiques. De nos jours, le clergé doit garder le silence, sous prétexte qu'il s'est exilé de ce monde, et sous peine de se voir au premier mot insulté et vilipendé par un journaliste quelconque ; mais il fut un temps où cent évêques français, sur cent dix, se déclarèrent pour Henri IV, qui ne devait se convertir que trois ans plus tard, mais qui était le prince légitime. Henri V le sait, et il sait aussi que ses plus fidèles sujets sont encore aujourd'hui les bons catholiques, précisément parce qu'ils aiment la religion et le droit, cette religion et ce droit qui sont devenus la condition indispensable de notre résurrection.

On l'a vu condamner publiquement le gallicanisme ; on l'a entendu proclamer bien haut son attachement au Souverain-Pontife, et dire qu'il ne réglerait jamais qu'avec lui et avec son consentement tout ce qui rentre dans le domaine commun aux deux pouvoirs.

« Pleine liberté de l'Eglise dans les choses spirituelles ; indépendance souveraine de l'Etat dans les choses temporelles, parfait accord de l'un et de l'autre dans les questions mixtes : tels sont les rapports qui, au sein des sociétés chrétiennes, doivent aujourd'hui plus que jamais régler les rapports de deux puissances. » Voilà le programme de notre Roi Henri V, pour les rapports de l'Eglise et de l'Etat.

Liberté au clergé dans l'intérêt le plus vrai de la société elle-même, autant que dans l'intérêt de la religion ; mais le clergé se tiendrait en dehors de la politique pour ne pas exciter la haine des passions. Telles sont les convictions du comte de Chambord ; tel est son caractère religieux.

Et, en vérité, est-il rien de plus rassurant pour les sujets, pour le peuple tout entier, que de savoir son Roi animé uniquement et toujours des principes de l'éternelle vérité, de l'éternelle justice ; de le savoir incapable d'hypocrisie, incapable de séparer sa cause de la cause française ? N'est-ce pas là le vrai grand roi ?

Est-il rien de plus rassurant que d'être certain que les soucis d'un grand royaume, que le nombre des affaires, que la difficulté des circonstances ne lui feront jamais oublier que *Dieu seul est grand, que lui seul sait donner aux rois, quand il lui plaît, de grandes et terribles leçons ;* que d'être certain que ce roi, le plus illustre des rois par sa caractère, son origine, ses principes et ses malheurs, et qui sera le plus vénéré d'entre eux dans toute l'Europe, dès qu'il aura paru sur son trône, parce que seul *il aura l'honnêteté pour moyen avec le droit pour base et la grandeur morale pour but ;* que ce roi, dis-je, aime et honore la religion ? Il n'en a jamais rougi, même dans les temps les plus funestes, où les princes se sont ligués pour secouer le joug de Dieu et de son Christ. A la face du monde, encore dans l'exil, il annonce qu'il voudra le rétablissement du Souverain-Pontife dans ses Etats, si jamais on lui rend l'épée de la France. Il se glorifie de sa religion ; partout il la veut assise à ses côtés, et les commandements de Dieu seront la base de son code, le mobile et la règle de ses actes. Et n'a-t-il pas raison ? n'est-ce pas une faiblesse, une lâcheté ? n'est-ce pas la marque d'un esprit étroit et borné que de rougir de sa foi, aussi bien que de n'en avoir aucune ? La foi fait toujours le fond du vrai génie, et le vrai génie ne rougit point de paraître religieux. Nous nous faisons peut-être illusion ; mais il nous semble que ce serait un signe de renouvellement, non pas uniquement dans notre pauvre France, mais encore dans le monde entier ; il nous semble que les princes auraient envie d'imiter ce noble caractère ; il nous semble que ce serait là pour la patrie le commencement d'une grandeur renouvelée et sans exemple. Le signal de la restauration universelle partirait de notre pays. La prédication d'un tel exemple serait d'une force immense et les résultats en seraient merveilleux. Faut-il s'étonner maintenant que les gens de bien fondent tant d'espérances sur le comte de Chambord ; que des hommes tels que Berryer, de Ravignan, Benoît d'Azy, de Flavigny, de Larcy, Villemain, l'appellent *notre Roi ;* mot si simple, mais si profond et qui exprime si bien les rapports véritables qui doivent exister entre le souverain et les sujets ; avant-dernier mot que prononçaient autrefois nos aïeux en mourant sur les champs de bataille, voulant dire par là que leur roi était le défenseur et le vengeur de leurs intérêts, de leur gloire et de leur religion ?

Cette conviction sincère, intrépide, intelligente, lui mérite l'estime de ses ennemis eux-mêmes, et qu'ils n'ont pas perdu tout sentiment de dignité et de justice, et qu'ils ne sont pas aveuglés par le délire du fanatisme et de la rage.

§ V.

Objection. — Grandeur de caractère. — Henri V usant de son droit.

Un des grands reproches qu'on a répétés mille fois contre Henri V, c'est qu'il n'a pas agi vivement chaque fois qu'une révolution nouvelle éclatait en France et renvoyait un pouvoir usurpateur. On a conclu de là à une faiblesse, à un manque d'énergie, chez le comte de Chambord.

Mais comment n'a-t-on pas remarqué que le prince ne devait pas et ne pouvait pas agir comme on le voulait ? Il aurait alors triomphé par un parti, et lui n'a de parti que la France.

Certes, nous le savons, la force met souvent fin aux complications ; elle est quelquefois un remède nécessaire ; souvent on ne peut, sans faute, négliger de la faire intervenir. Mais le comte de Chambord n'a que *son droit et son devoir ;* et, la force n'étant pas toujours au service du droit et du *devoir,* il s'ensuit que le prince a dû laisser de côté l'emploi de la force pour ne pas abdiquer son droit et son devoir. Il eût, en l'employant, trahi sa cause et celle de la France, puisque sa cause, nous le voyons bien maintenant, n'est que la cause de la France. Sans doute, comme disaient hypocritement les vainqueurs de 52, il eût pu triompher comme un autre ; mais ce triomphe-là était un triomphe napoléonien dont il ne voulait pas. Les usurpateurs commencent par la force, parce qu'ils ne s'appuient que sur elle : les rois légitimes s'appuient sur l'amour des peuples, et, quand cet amour ne leur est pas accordé, ils gémissent sur le malheur des temps ; mais ils ne se font pas pour autant souverains de vive force.

Malheur aux peuples exposés à rencontrer sur leur chemin un chef nécessité par une faction, un chef sans principe, sans passé à respecter, qui ne peut régner que par la violence ou l'habileté. Vienne le jour où la violence et l'habileté font défaut, alors ce chef tombe dans un abîme d'opprobre, maudit de tous ceux qui l'avaient appelé. Malheur au peuple qui doit souffrir un tel souverain ! Il a rompu avec les traditions qui engendrent le respect, et on le verra sans cesse se déchirer de ses propres mains, divisé qu'il sera en deux partis, dont l'un étouffera toujours l'autre.

Les rois légitimes ne peuvent consentir à être l'un de ces souverains de passage, de ces autocrates éphémères qui ont une passion pour trône et qui finissent toujours par succomber sous les coups d'une autre passion ; auxquels manquent l'estime, l'amour et le respect, qui, par conséquent, ne sauraient durer. Le pouvoir, pour un vrai roi, est un droit, mais surtout un *devoir*, et un *devoir ne s'abdique pas*. C'est un dépôt dont il est responsable devant Dieu et devant les hommes. Pour les usurpateurs, le pouvoir est un sabre arraché par une faction à une autre faction et remis à un homme qui, inévitablement, devient un tyran ou un jouet chassé par un plus fort ou un plus habile ; qui, en un mot, devient un *héron* ou un *soliveau :* pas de milieu.

Le comte de Chambord ne peut rentrer en France comme un simple citoyen, briguer le Consulat en attendant l'Empire. Il sera Roi en France, ou bien il ne sera pas en France.

L'exemple de Henri IV ne prouve rien contre cette vérité. Henri IV trouva la guerre civile allumée ; il y avait participé comme sujet du roi légitime ; il la continua pour accomplir le mandat que lui avait confié ce prédécesseur en lui léguant ses droits, et il la termina par la douceur de la politique bien plus que par la force des armes. Lorsqu'on a fait régner la raison du plus fort et non le droit, il arrive que ce règne finit en même temps que la force. Napoléon Ier, après Waterloo, Napoléon III après Sedan, en sont des témoignages irréfutables.

Et, du reste, en ce moment, si l'on se place au point de vue providentiel, on ne peut assez admirer et la sagesse des voies divines, qui fait tôt ou tard triompher le droit, et celle du prince qui a su attendre. Dieu a déshonoré d'une manière si mémorable le règne de la force, que le règne du droit ne rencontrera guère d'obstacle à son établissement, et que le prince légitime qui, autrefois, eût eu à lutter contre la république, l'empire, la royauté usurpatrice, en un mot, contre la révolution sous toutes ses formes, que ce prince, dis-je, trouve la place libre et son trône relevé par ses ennemis eux-mêmes. C'est là un spectacle qu'on ne saurait assez admirer.

La faculté de s'agiter et de délibérer a été laissée à l'homme et aux nations ; mais, sans Dieu, elles ne peuvent se *constituer* et sa justice finit toujours par les *constituer*, quand sa bonté n'a pu le faire.

En ce moment, tous les partis se roulent dans la boue et le sang ; il n'en reste qu'un seul : le parti de la France, la légitimité, et elle vivra, parce qu'elle n'aura pas à craindre, comme la république, l'empire ou la royauté de Juillet, comme la révolution, en un mot, parce que, dis-je, elle n'aura pas à craindre la fatale destinée d'un royaume divisé.

A chacune de nos révolutions, le comte de Chambord nous prédisait de nouveaux malheurs et demandait que tous les hommes qui aimaient sincèrement leur pays s'unissent à lui pour sauver la France. Eh bien ! nos révolutions nous ont traînés dans un cercle inévitable de malheurs et d'illusions ; maintenant la lumière est faite, et la main de Dieu a aplani le chemin au Roi légitime : les regards de tous ceux qui aiment sincèrement leur pays sont tournés forcément vers lui pour lui dire de venir sauver la France.

§ VI.

Différence entre un roi légitime et un usurpateur.

Si Henri V avait voulu régner à *tout prix*, il aurait régné ; mais il aurait tué d'avance le triomphe de son droit. Remarquons bien cette différence du pouvoir légitime et du pouvoir illégitime : celui-ci règne pour régner, règne pour lui-même ; celui-là règne pour le droit et pour les sujets. Voilà pourquoi l'un est toujours en antagonisme avec la nation ; voilà pourquoi l'autre fait partie de la nation même. Et c'est pour cela que le pouvoir légitime est d'un si grand avantage pour le bonheur des peuples.

Qui ne voit, en ce moment surtout, comment le pouvoir qu'on subit sans l'aimer, peut être funeste à certaines époques de la vie des nations. Supposez qu'après Reischoffen, la France eût obéi aux ordres d'un souverain *national*. Que serait-il arrivé ? Le souverain aurait compris que cette guerre n'était point préparée, que les approvisionnements, les armes, les munitions, les soldats manquaient, et le souverain aurait fait la paix. Sans doute l'amour-propre du pays aurait été froissé ; mais aurions-nous jamais été précipités dans ces abîmes d'humiliations désastreuses, aurions-nous subi les catastrophes de Sedan, de Metz, de Paris ! Non, non ! jamais ! Le souverain n'aurait pas eu besoin d'une victoire pour rentrer dans sa capitale, et il serait revenu, avec l'aide de ses sujets, préparer l'éclatante revanche d'une défaite ordinaire, et ne nous aurait jamais exposés à d'irréparables affronts. Heureux le peuple qui obéit à un pouvoir qu'il ne peut discuter ! Heureux celui dont les lois fondamentales sont apportées par un Moïse des sommets nuageux d'un Sinaï. Saint Louis, Charles VII, François Ier, Louis XIV s'étaient relevés après d'immenses désastres ; leur autorité n'en avait pas été ébranlée ; tandis qu'une bataille perdue renverse Napoléon Ier et Napoléon III. Quand le pouvoir est légitime, ni une défaite ni le poignard d'un assassin ne renversent la royauté : la couronne passe d'un front à un autre d'après une loi inviolable, sans désordres, sans guerres civiles. Dans le cas contraire, une émeute, une aventure jette le sceptre dans le grand chemin, et le premier aventurier venu s'en empare jusqu'à ce qu'une émeute nouvelle le lui fasse de nouveau tomber des mains. Voilà la perpétuité de la révolution, du changement, des violences, des soumissions, des parjures : voilà ce qui tue le respect, l'amour, la fidélité, l'autorité ; voilà ce qui tue les nations, ce qui en fait un troupeau d'égoïstes et non un peuple. Quel principe d'ordre combattra toutes ces tendances ? Ce sera l'anti-révolution personnifiée dans notre roi Henri V.

Une remarque qu'il importe de faire à l'honneur du comte de Chambord, c'est que, pour soutenir ses droits, il n'a jamais voulu faire verser une goutte de sang au dernier des Français, ni enlever à la France le moindre de ses citoyens.

Deux moyens se présentent en face de l'oppression tyrannique d'un ennemi : on peut la subir avec stupidité et apathie, comme un tronc subit la hache qui le coupe ; ou bien on peut la repousser avec force.

L'esclave subit son sort sans se plaindre ; le rebelle ne reconnaît plus aucun frein ; le fanatique, le musulman, l'infidèle se courbent sous le fouet ; l'hérétique méconnaît toute règle. Hélas ! qui nous dira lequel est préférable, de la léthargie ou du délire incurable ; lequel nous devons choisir ?

Le comte de Chambord, se bornant à l'inertie, trahissait les nobles caractères qui lui demeuraient fidèles ; il livrait les siens à l'usurpation, semblait abandonner sa cause, semblait répudier ses droits, et tout ce qu'il y a dans ces droits de plus saint, de plus inaliénable : c'était une honteuse et funeste abdication, qui pouvait désespérer l'espérance et la plus inviolable fidélité.

Mais, d'un autre côté, la résistance active ou de vive force ne lui convenait point. La force est toujours funeste, soit qu'elle réussisse, soit qu'elle échoue. Si elle triomphe, alors l'armée du droit devient un parti : ce sont des hommes qui ont abaissé d'autres hommes ; ce sont des vainqueurs et des vaincus. Ainsi, il y aura toujours le parti des mécontents et le parti des triomphateurs ; et, si une telle victoire a des suites heureuses, ce n'est jamais que plus tard, bien tard, alors que tous les éléments d'opposition ont disparu ou se sont ralliés par l'habileté du vainqueur.

Et si la tentative vient à échouer, alors malheur à la cause du droit. L'orgueil blessé de l'usurpation ne respecte plus rien. Il invoque le repos public troublé ; il invoque des conspirations supposées ; il encourage les méfiances ; il excite les colères, les haines, les fureurs, les partisans du droit deviennent ennemis publics ; on punit une pensée, on punit une parole, on punit un désir ; les cachots se remplissent ; les chemins qui mènent à l'exil sont encombrés. Alors s'accomplit le plus hideux triomphe qui se puisse voir en ce monde : celui de l'injustice et de l'usurpation devenues le *salut* de la société, devenues les protectrices du bien public et se montrant sans cesse entourées de ces âmes viles et basses, de ces cœurs rampants, de ces ignobles adorateurs du succès. Et, pendant ce temps, la justice chassée, exilée, traquée, poursuivie, surveillée, parcourt tristement le sentier de l'exil, pauvre, huée, sifflée, conservant à peine quelques fidélités sympathiques, autant seulement qu'il en faut pour sauver l'honneur de la misérable humanité.

Entre ces deux systèmes qui, tous les deux, conduisent tôt ou tard à la ruine et à l'esclavage, apparaît le système du droit qui dédaigne l'emploi de la force ou de la ruse, et pourtant ne garde point ce silence qui ne convient qu'aux morts.

Le comte de Chambord, qui voulait sauver son droit et qui aime son pays comme ne l'aime nul autre Français, a redouté les révoltes, les désordres, les guerres civiles. Il n'ignore pas du reste que le droit finit toujours par triompher ; que le droit, dans un cachot ou en exil, est mille fois plus terrible qu'une armée sur un champ de bataille. Voilà pourquoi le prince s'est contenté de protester à chaque usurpation nouvelle et de s'offrir pour le salut de la France chaque fois qu'elle est tombée dans l'anarchie. Il s'est contenté de proclamer, toujours et sans nulle variante, son droit imprescriptible, attendant tout des circonstances qui sont dans la main de Dieu ; attendant que l'opinion, *la reine du monde*, lui fût rendue pour toujours, quand on aurait constaté l'impuissance de tout pouvoir, excepté le pouvoirlégitime, le pouvoir aimé, le pouvoir estimé, honoré, *national*.

Sans doute, si notre Roi était un ambitieux vulgaire, il voudrait régner pour avoir le plaisir de régner. Mais il se souvient que Louis XVI, avant de monter sur l'échafaud, a recommandé à son successeur de ne pas oublier qu'il se *devait tout entier* à son peuple. Le comte de Chambord veut régner pour la France et non pour lui. Il veut le bonheur de la France, parce qu'il l'aime ; voilà pourquoi il lui a été si facile de ne jamais s'engager dans aucune de ces luttes qui auraient pu ensanglanter la patrie.

Comment Henri V aime la France.

§ VIII.

L'amour d'Henri V pour la France, qui nous le peindra ? Son droit est moins le sien que celui de la France, ou plutôt son droit et celui de la France sont le même droit ; c'est l'union du roi légitime, nous le répétons, avec les Français qui fait la nation française. Relisez ses lettres, et vous n'y trouverez pas un reproche à la France, pas une amertume contre l'usurpation. Il écrit en 1844 :

« Je regarde les droits que je tiens de ma naissance comme appartenant à la France, et, bien loin qu'ils puissent, dans un intérêt personnel, être une occasion de trouble et de malheurs pour elle, je ne veux jamais remettre le pied en France que lorsque ma présence sera utile à son bonheur et à sa gloire. Ces droits, dit-il plus tard, je ne les ferai jamais valoir que pour sauver ma patrie des déchirements dont elle est menacée ; » et, le 9 septembre 1870, il crie avec raison aux Français : « Durant les longues années d'un exil immérité, je n'ai jamais permis un seul jour que mon nom fût une cause de division et de trouble : mais aujourd'hui qu'il peut être un gage de conciliation et de sécurité, je n'hésite pas à dire à mon pays que je suis prêt à me dévouer tout entier à son bonheur. »

L'intérêt de la France est à la fois la cause de son droit et la règle de sa conduite. Il s'est toujours regardé comme conservant à son pays ce droit sacré qui devait le sauver, comme Énée emportant dans l'exil ses pénates, sous les auspices desquels il devait fonder une nouvelle Troie.

Toujours il s'est réjoui des triomphes de la France, même lorsque ces triomphes, accomplis sans son concours, semblaient prouver qu'il ne serait jamais nécessaire à son pays. On l'a vu *se montrer fier du courage dont firent preuve les soldats de Waterloo ;* remercier des jurisconsultes distingués de la gloire qu'ils acquéraient à la France ; s'affliger de ce qu'une visite, qui lui était faite par les Berryer, les La Rochejacquelin, les Larcy, et par d'autres encore, pouvait être cause que la France fût privée de leurs illustres services ; faire des appels à la conciliation autant que le permettaient les principes de la vraie autorité et de la vraie liberté. On l'a vu, lors de la guerre entre l'Autriche et la France, quitter Froshdorf et chercher dans d'autres pays un autre lieu d'exil. On l'a vu gémir sur tous les malheurs qui ont frappé la France et venir en aide, autant que le lui permettaient ses ressources d'exilé, à toutes les misères qui paraissaient sur le sol de la patrie.

En 1841, il envoie six mille francs aux inondés du midi de la France, parce que, dit-il, loin de sa patrie, il ne peut rester *étranger ni indifférent* aux maux qu'elle endure. Tout son regret, dans cette circonstance, est de ne pouvoir donner davantage.

En 1843, il adresse cinq mille francs aux personnes chargées de recueillir et de distribuer les secours pour les victimes des désastres dans la Guadeloupe, *et il regrette de n'être pas plus riche.*

En 1846, à l'occasion de son mariage, « il désire que les pauvres aient part à la joie que lui inspire cette nouvelle preuve de la protection du ciel sur sa famille et sur *lui*, et il lui paraît que ceux de Paris ont un droit particulier à son intérêt : car il n'oublie pas que c'est dans cette ville qu'il est né et qu'il a passé les premières années de sa vie. Il s'empresse, en conséquence, d'annoncer au marquis de Pastoret qu'il met à sa disposition une somme de vingt mille francs, qu'il le charge de distribuer. » Et il ajoute : « Dans la répartition des secours, vous n'aurez égard à aucune autre considération qu'à celle des besoins et de la position plus ou moins malheureuse de chacun, vous concertant à cet effet avec quelques-uns de nos fidèles amis, qui seront heureux de vous prêter le concours de leur zèle pour vous aider à remplir mes intentions. Je n'ai qu'un seul regret, c'est de ne pouvoir pas donner davantage. Quand je pense surtout à la misère qui règne en ce moment, et dont l'hiver qui s'approche ne peut qu'augmenter encore les rigueurs, je voudrais avoir des trésors à répandre pour soulager tant de souffrances. — Je suis sûr que mes amis sentiront comme moi la nécessité de s'imposer de nouveaux sacrifices et de rendre leurs aumônes plus abondantes que jamais. Ils ne peuvent rien faire qui me soit plus agréable ; c'est d'ailleurs le grand moyen d'éloigner de notre commune et chère patrie les maux qui la menacent, et d'attirer sur elle toutes les bénédictions qui peuvent assurer son bonheur. »

A cette même occasion, il écrit encore au marquis de Pastoret : « Vous savez que c'est surtout par des secours aux classes indigentes que je désire marquer l'heureuse époque de mon mariage...

« ...Quoique forcé de vivre sur la terre étrangère, je ne puis jamais être indifférent aux maux de la patrie. En pensant à la cherté des subsistances et aux justes craintes qu'elle inspire pour la saison rigoureuse où nous allons entrer, j'ai cherché comment je pourrais contribuer au soulagement de la misère publique. Il m'a paru que le meilleur emploi des sommes dont je puis disposer, c'est de les consacrer à établir à Chambord, et dans les forêts qui nous appartiennent encore, des ateliers de charité qui, offrant aux habitants pauvres de ces contrées un travail assuré pendant l'hiver prochain, leur fournissent les moyens de pourvoir à leurs besoins et à ceux de leur famille.

« Je vous charge donc de prendre les mesures nécessaires pour l'exécution d'un projet que j'aimerais voir s'étendre à la France entière. Pour moi, je me féliciterai du moins d'avoir pu adoucir le sort des Français malheureux qui, par leur position particulière, ont encore plus de titres à mon intérêt. »

7

L'appel du roi fut entendu ; les légitimistes se mirent à l'œuvre, et son projet s'étendit à la France entière.

Toujours à la même époque, il envoie seize mille francs à ses fidèles amis des provinces de l'Ouest. C'est tout ce qu'il peut envoyer.

En 1846, il félicite et remercie le marquis de Vogué du dévouement qu'il montre au milieu des désastres qui affligent une partie de la France.

En 1847, il écrit au baron de Rivière que les partisans du droit divin doivent se montrer toujours et partout les plus empressés et les plus habiles à faire le bien aux classes ouvrières surtout.

En 1848, apprenant la mort de Chateaubriand, il s'écrie : « Que de malheurs n'ai-je pas à déplorer !

« Ces luttes affreuses qui viennent d'ensanglanter la capitale, la mort de tant d'hommes honorables et distingués dans la garde nationale et dans l'armée, le martyre de l'archevêque de Paris, les misères du pauvre peuple, la ruine de nos industries, les alarmes de la France entière ! Je prie Dieu d'en abréger le cours. »

En 1849, il écrit : « On vient, mon cher La Rochejacquelin, de m'envoyer de Paris le prospectus de l'association que vous voulez fonder au profit des classes ouvrières. Je m'empresse de vous féliciter de la noble et généreuse pensée que vous avez conçue et à laquelle je m'unis du fond du cœur. On vous remettra ma faible offrande. »

Le même jour, il mande au duc des Cars : « C'est avec un bien vif empressement que je viens offrir cette année, comme les années précédentes, mon faible tribut à l'œuvre de Saint-Louis. Dans la souffrance générale, il faut que chacun fasse ses efforts pour venir au secours des malheureux. »

En 1850, il écrit : « J'apprends que des souscriptions ont été ouvertes dans plusieurs départements pour m'offrir en hommage des objets de grand prix : je suis profondément touché... ; mais, dans les circonstances actuelles, il ne m'est pas possible d'accepter les dons de mes amis... Qu'ils réservent donc pour un emploi utile, je le leur demande, toutes les ressources dont ils peuvent disposer. »

Même année : « Vous vous êtes empressés, à la première nouvelle de la catastrophe du pont d'Angers, d'envoyer mille francs en mon nom pour la souscription en faveur des victimes... Je vous remercie d'avoir si bien interprété mes intentions. Vous ne serez donc pas étonné que je vous adresse pour mon compte personnel une somme égale à celle que vous avez déjà envoyée, en vous chargeant de la faire parvenir à la même destination... »

Même année : « Ayant appris qu'une souscription a été ouverte dans votre département (l'Hérault), pour m'offrir un service de linge damassé qui a appartenu au roi Louis XVI, j'ai voulu vous exprimer moi-même ma profonde gratitude. » Et il refuse pour les motifs qui sont connus, comme il a refusé tous les hommages de ce genre.

Le 9 décembre 1852, il envoie à l'évêque de Luçon « sa modeste offrande » pour la construction d'un collège catholique.

Mais, n'est-ce pas assez ? Notre plume et notre attention se lasseraient plutôt que le patriotisme et la libéralité du grand Prince. Aussi ne poursuivrons-nous pas l'énumération de ses largesses. Il importe à ce sujet de lire les lettres du Roi. Toujours la France, toujours le bien de la France! Il déplore ses erreurs, et c'est pour elle et non pour lui; il se réjouit de ses progrès; il félicite ceux qui rendent son nom glorieux par leur plume ou par leur épée; il la suit partout; il a toujours les yeux sur elle. Tant il est vrai *qu'un roi est un père plutôt qu'un souverain!* Il n'est pas une bonne œuvre à laquelle il ne s'intéresse, à laquelle il ne veuille donner au moins la part du cœur.

N'est-il pas vrai que la France sera heureuse le jour où elle obéira à un sceptre à la fois si royal et si paternel? N'est-il pas vrai qu'à côté de ce grand caractère de prince, le caractère de Gambetta et de ses semblables, en-dessous ou en-dessus de lui, ne sont que l'égoïsme en face du dévouement?

Dans tous ses actes, dans tous ses écrits, on ne saurait trouver le moindre indice de refroidissement pour sa patrie. Il est prisonnier exilé, et pourtant il ne cesse d'exhorter ses amis à respecter sa cause, à le respecter, à se respecter eux-mêmes en ne s'attaquant pas avec trop d'ardeur à l'inique usurpation, dont l'éloignement violent pouvait jeter la France dans des abimes. Il a espéré toujours qu'elle s'en délivrerait avec moins de maux et d'humiliations; et sa plus grande douleur, c'est notre infortune.

§ VIII.

Henri V. — Sa connaissance des hommes. — Sa fermeté. — Son instruction.

Que dirons-nous maintenant des autres qualités de notre Roi, de sa connaissance des hommes et des choses, de sa fermeté, de son instruction?

On ne saurait certainement rencontrer un bon sens plus pratique, plus inflexible. Ses prévisions sont des prophéties. Cent fois il a prédit que l'usurpation conduirait la France à de grands malheurs, sans néanmoins les prévoir aussi effroyables. Cent fois il a annoncé que l'usurpation ne triompherait pas toujours, qu'une politique égoïste serait sa mort à elle-même. Entendez-le dans son manifeste du mois d'octobre 1852 :

« ..... C'est l'honneur de mon pays, Français, comme le mien; c'est le soin de son avenir; c'est mon devoir envers lui qui me décident à élever aujourd'hui la voix.

« Français, vous voulez la monarchie; vous avez reconnu qu'elle seule peut vous rendre, avec un gouvernement régulier et stable, cette sécurité de tous les droits, cette garantie de tous les intérêts, cet accord permanent d'une autorité forte et d'une sage liberté qui fondent et assurent le bonheur des nations. Ne vous livrez pas à des illusions qui tôt ou tard vous seraient funestes. Le nouvel empire qu'on vous propose ne saurait être cette monarchie *tempérée et durable* dont vous attendez tous ces biens. On se trompe et on vous trompe quand on vous les promet en son nom. La monarchie véritable, la monarchie traditionnelle, appuyée sur le droit héréditaire et consacrée par le temps, peut seule vous remettre en possession de ces précieux avantages, et vous en faire jouir à jamais. »

Ces paroles n'ont pas besoin de commentaires : des faits encore assez rapprochés, tels que Sedan et le reste de nos catastrophes, parlent trop éloquemment.

J'ai parlé aussi de sa fermeté : elle est en effet digne des fils de saint Louis. Si jamais homme ne fut le dépositaire d'une plus noble prérogative, d'un droit plus grand, jamais non plus homme ne fut l'objet de plus d'attaques, de plus d'insultes et même de plus de trahisons.

Calomnies, sarcasmes, railleries, satires, défections, apostasies politiques, menaces, tout a été mis en œuvre par les partisans des régimes de l'injustice. Ceux-ci avaient tous les moyens contre lui, et lui n'avait contre eux que la force de son caractère et la noblesse de son dédain. Aussi a-t-il été sublime ! Jamais son courage n'a faibli ; jamais non plus de récriminations contre les individus. De même qu'il n'a point été enivré par la grandeur de son nom et de son titre, de même il ne s'est pas épouvanté du nombre et de la puissance de ses ennemis. Autant il s'est montré magnifique dans les infortunes de son pays et reconnaissant envers les fidélités qui lui sont restées, autant il a paru noble envers les triomphateurs qui l'insultaient et usurpaient sa couronne et ses droits. Sont-ils nombreux les hommes qui, durant une vie de cinquante ans, demeurent fidèles à un principe, et cela en face des faits les plus décourageants, les plus accablants ? Seraient-ils nombreux ceux qui, dans de semblables circonstances, n'auraient jamais varié, ne se seraient jamais arrêtés, ne seraient jamais revenus sur leurs pas, n'auraient jamais fait fléchir le principe aux exigences des passions et des intérêts, et qui, au contraire, n'auraient montré qu'un attachement toujours plus inébranlable à la même foi politique ? Parcourez toutes les lettres du comte de Chambord, depuis la première page jusqu'à la dernière ; cherchez-y une contradiction, un changement, une variante : vous n'y trouverez rien de semblable. Sans nul doute il sait se plier aux idées nouvelles et légitimes ; sans nul doute il s'est disposé à satisfaire toutes les justes réclamations des peuples : et ses manifestes, aussi bien que ses correspondances, en font foi. Mais le principe immuable du droit est là, *toujours le même, toujours nouveau*. Il faut qu'il triomphe tout entier ou qu'il reste enseveli sous l'usurpation.

Et qui nous dira quels immenses avantages peuvent résulter de cette constance dans le droit, pour la France et le monde entier ? Qui nous dira si la politique inaugurée par notre Roi ne mettra pas un terme à cette politique fourbe, hypocrite, à double sens, qui a fait le malheur de notre société ? Pour nous, c'est une conviction qu'il en serait ainsi ; et nous sommes persuadés que le fils de saint Louis serait appelé à jouer en Europe le rôle de son ancêtre.

Nous ne dirons que peu de chose de son instruction variée. Il ne prétend pas tout connaître, tout juger, tout discuter ; « *mais il sait provoquer la discussion ;* il sait en appeler aux lumières des hommes compétents ; » et lui-même sait porter sur toutes ces questions les jugements du bon sens le plus inflexible.

Il suffit de relire ses lettres pour voir avec quel soin il se tient au courant de toutes les questions ; avec quel empressement il demande des mémoires, des notes sur les connaissances qui conviennent à un roi. Tantôt il se fait donner des statistiques, des rapports sur l'état des classes pauvres et souffrantes ; tantôt il veut des récits détaillés des batailles et des expéditions qui se font dans les diverses parties du monde ; il compare les divers systèmes employés dans les divers Etats de l'Europe pour l'amélioration des intérêts sociaux ; tantôt il remercie Poujoulat de ce qu'il met dans un plus grand jour les grandes figures de la France ; tantôt il félicite un grand évêque de ses efforts pour améliorer l'éducation, d'où dépend le sort des peuples. En un mot, il ne veut rien ignorer de ce qu'il lui sera nécessaire ou utile de savoir sur le trône pour le bonheur de ses sujets ; et nous pouvons répéter ici ces paroles déjà citées d'un homme qui ne l'aimait pas : « Il n'y a aucune question d'histoire, de littérature, d'économie politique et sociale qui ne soit familière au prince. »

Ne nous étonnons plus maintenant de la confiance qu'ont en lui les hommes les mieux pensants, les plus sérieux. Comparant le drapeau d'Henri V et celui de ses adversaires (car, lui, il n'a pas d'ennemis, il l'a dit), comparant les deux drapeaux, ils voient que l'un est le drapeau de la grandeur et de la prospérité ; l'autre, celui de la révolte et de la ruine ; l'un ne conduit aux combats que pour défendre ou venger la patrie ; l'autre, pour la gloire et le maintien d'un ambitieux ; l'un est la bonne foi et la justice envers tous ; il rappelle l'équité, le désintéressement, la légalité, la liberté et l'ordre ; l'autre, les bouleversements, les immenses injustices, les immenses spoliations, les ostracismes, les usurpations ; l'un fait refleurir les germes de la liberté civile déposés dans les bases de l'antique civilisation, de l'antique monarchie chrétienne ; l'autre les a étouffés, les étouffe encore et les étouffera toujours. L'un a continuellement abrité le vrai travail du progrès et de l'indépendance légitime ; l'autre n'a abrité que l'universelle centralisation, l'universel despotisme, l'universel esclavage et l'universelle corruption.

Et pourquoi cette différence ? Parce que sur un drapeau est écrit : Principe et religion ; sur l'autre, *ambition*, *fait accompli*, *droit du plus fort ou du plus astucieux ;* parce que l'un vient du ciel ; l'autre monte de la rue ; parce que l'un protégea la religion et l'indépendance de son chef ; l'autre ne protége que ses persécuteurs, ses spoliateurs et ses bourreaux ; parce que l'un, porté par une main chrétienne, renferme dans ses plis les principes de droit, de légitimité, d'honneur, de bravoure et de religion ; tandis que l'autre, porté par la main de l'impiété ou de la philosophie athée, n'enveloppe que les principes de mensonge, de destruction et de mort ; parce que l'un est orné de lis, et l'autre, d'une image de vautour.

CONCLUSION.

La conclusion de tout ce travail se résume en quelques mots :
Le monde ne peut demeurer dans l'état où il se trouve, parce qu'il n'a point la paix, cette paix qui est *la tranquillité de l'ordre.* — La France est appelée à continuer encore son œuvre de civilisation dans le monde, à y ramener *la tranquillité de l'ordre,* pourvu qu'elle revienne à sa religion et à son roi très-chrétien ; et ce roi est l'homme le plus propre à accomplir la grande mission dont il se charge, celle de réparer nos ruines et de nous relever. Nous finirons en disant encore une fois : *Vive le Roi très-chrétien !*

O France, ne tarde pas ! Ouvre tes portes et conduis toi-même ton roi au trône de ses ancêtres ; accours au-devant de Henri V, le drapeau blanc à la main. Souhaite-lui la bien-venue par des applaudissements qui seront à la fois un acte de répara-tion et de patriotisme, et un gage de salut !

Alsace et Lorraine, nous n'oublierons point *vos patriotiques douleurs, vos patriotiques aspirations, vos patriotiques colères.* Pour nous, vous êtes toujours à la France, *nous le jurons !* Rele-vez votre front meurtri ; tournez vos regards vers notre patrie, et conservez l'espérance en voyant le fils de Louis XIV prendre le sceptre et l'épée de ses aïeux ! Partagez nos joies au milieu de nos malheurs ! Bientôt sera rompue la chaine que Guillaume *le mystique brigand* attacha à votre pied. Il viendra, il viendra, le jour où les Allemands reconnaîtront l'épée de Tolbiac et de Bouvines !! Amis, frères, compatriotes de l'Alsace et de la Lor-raine, poussez avec nous le cri de salut :

VIVE LE ROI TRÈS-CHRÉTIEN

TABLE.

CHAPITRE IV. — LE SALUT.

CHAPITRE V. — LE COMTE DE CHAMBORD.

Annecy. — Typ. CH. BURDET.

www.ingramcontent.com/pod-product-compliance
Lightning Source LLC
Chambersburg PA
CBHW071115260626
47162CB00006B/2336